U0079013

二 雅典文化

MP3

附50音發音表

連**日本小學生**

◀ 都會的 ▶

基礎單字

雅典日研所 企編

基礎の

這些單字連日本小學生都會念！

精選日本國小課本單字
附上實用例句
讓您一次掌握閱讀及會話基礎

単語

50音基本發音表

清音

a ㄚ	i ー	u ㄨ	e ㄝ	o ㄡ
あ ア	い イ	う ウ	え エ	お オ
ka ㄎㄚ	ki ㄎー	ku ㄎㄨ	ke ㄎㄝ	ko ㄎㄡ
か カ	き キ	く ク	け ケ	こ コ
sa ㄙㄚ	shi ㄒー	su ㄙㄨ	se ㄙㄝ	so ㄙㄡ
さ サ	し シ	す ス	せ セ	そ ソ
ta ㄊㄚ	chi ㄑー	tsu ㄘ	te ㄊㄝ	to ㄊㄡ
た タ	ち チ	つ ツ	て テ	と ト
na ㄋㄚ	ni ㄋー	nu ㄋㄨ	ne ㄋㄝ	no ㄋㄡ
な ナ	に ニ	ぬ ヌ	ね ネ	の ノ
ha ㄏㄚ	hi ㄏー	fu ㄈㄨ	he ㄏㄝ	ho ㄏㄡ
は ハ	ひ ヒ	ふ フ	へ ヘ	ほ ホ
ma ㄇㄚ	mi ㄇー	mu ㄇㄨ	me ㄇㄝ	mo ㄇㄡ
ま マ	み ミ	む ム	め メ	も モ
ya ーㄚ		yu ーㄩ		yo ーㄡ
や ヤ		ゆ ユ		よ ヨ
ra ㄌㄚ	ri ㄌー	ru ㄌㄨ	re ㄌㄝ	ro ㄌㄡ
ら ラ	り リ	る ル	れ レ	ろ ロ
wa ㄨㄚ		o ㄡ		n ㄣ
わ ワ		を ヲ		ん ン

濁音

ga ㄍㄚ	gi ㄍー	gu ㄍㄨ	ge ㄍㄝ	go ㄍㄡ
が ガ	ぎ ギ	ぐ グ	げ ゲ	ご ゴ
za ㄗㄚ	ji ㄐー	zu ㄗ	ze ㄗㄝ	zo ㄗㄡ
ざ ザ	じ ジ	ず ズ	ぜ ゼ	ぞ ゾ
da ㄉㄚ	ji ㄐー	zu ㄗ	de ㄉㄝ	do ㄉㄡ
だ ダ	ぢ ヂ	づ ヅ	で デ	ど ド
ba ㄅㄚ	bi ㄅー	bu ㄅㄨ	be ㄅㄝ	bo ㄅㄡ
ば バ	び ビ	ぶ ブ	べ ベ	ぼ ボ
pa ㄆㄚ	pi ㄆー	pu ㄆㄨ	pe ㄆㄝ	po ㄆㄡ
ぱ パ	ぴ ピ	ぷ プ	ぺ ペ	ぽ ポ

拗音　　　● track　004

kya ㄎㄧㄚ	kyu ㄎㄧㄩ	kyo ㄎㄧㄡ
きゃ キャ	きゅ キュ	きょ キョ
sha ㄒㄧㄚ	shu ㄒㄧㄩ	sho ㄒㄧㄡ
しゃ シャ	しゅ シュ	しょ ショ
cha ㄑㄧㄚ	chu ㄑㄧㄩ	cho ㄑㄧㄡ
ちゃ チャ	ちゅ チュ	ちょ チョ
nya ㄋㄧㄚ	nyu ㄋㄧㄩ	nyo ㄋㄧㄡ
にゃ ニャ	にゅ ニュ	にょ ニョ
hya ㄏㄧㄚ	hyu ㄏㄧㄩ	hyo ㄏㄧㄡ
ひゃ ヒャ	ひゅ ヒュ	ひょ ヒョ
mya ㄇㄧㄚ	myu ㄇㄧㄩ	myo ㄇㄧㄡ
みゃ ミャ	みゅ ミュ	みょ ミョ
rya ㄌㄧㄚ	ryu ㄌㄧㄩ	ryo ㄌㄧㄡ
りゃ リャ	りゅ リュ	りょ リョ

gya ㄍㄧㄚ	gyu ㄍㄧㄩ	gyo ㄍㄧㄡ
ぎゃ ギャ	ぎゅ ギュ	ぎょ ギョ
ja ㄐㄧㄚ	ju ㄐㄧㄩ	jo ㄐㄧㄡ
じゃ ジャ	じゅ ジュ	じょ ジョ
ja ㄐㄧㄚ	ju ㄐㄧㄩ	jo ㄐㄧㄡ
ぢゃ ヂャ	づゅ ヂュ	ぢょ ヂョ
bya ㄅㄧㄚ	byu ㄅㄧㄩ	byo ㄅㄧㄡ
びゃ ビャ	びゅ ビュ	びょ ビョ
pya ㄆㄧㄚ	pyu ㄆㄧㄩ	pyo ㄆㄧㄡ
ぴゃ ピャ	ぴゅ ピュ	ぴょ ピョ

● | 平假名 | 片假名 |

掌握日語基本單字

　　學習日文時，除了文法句型的知識之外，充實單字庫也是快速增進日語能力的不二法門。本書特別精選現今日本小學生正在學習的單字，希望能提供讀者另一種不同的日文單字學習管道。

　　透過日本小學生都會的單字，除了能學習到生活化的日文之外，同時也能學到日文出版品經常會看到的單字。有了這本書，不但能充實日文單字庫，也同時能增加日語閱讀力。

　　本書中所精選的日本小學各年級單字，是依據現今日本小學所使用的各版本教材，配合日本文部省所公布的各年級漢字學習表，從中篩選而出。日本小學教材中對於單字的教學，可分為「讀」與「寫」兩類；在「讀」的方面，是教導學生未必能寫出該單字的漢字寫法，但是看到的時候會念；而「寫」則是教導學生能

正確寫出漢字。由於對國內的日語學習者來說，書寫漢字並非難事，因此本書中所篩選出來的單字，是以日本小學教材中「讀」的部分為主，在呈現單字時也會寫出漢字寫法，不只以平假名表示。

在每個單字下面，分別附上了該字的中譯、羅馬拼音，以及實用的簡短例句，以期讀者能了解單字的使用方式，並且立即應用。

期待這本書能帶給讀者在學習日語時一個新的選擇。

一年級

足りる
足夠
ta.ri.ru.

例 句

☞ お金が足りる。

o.ka.ne.ga./ta.ri.ru.

錢很足夠。

日本
日本
ni.ho.n.

例 句

☞ 日本へ行く。

ni.ho.n.e./i.ku.

去日本。

目次
目錄
mo.ku.ji.

例 句

☞ 目次を作る。

mo.ku.ji.o./tsu.ku.ru.

製作目錄。

男
おとこ

男性、男生
o.to.ko.

例 句

☞ 男の同僚。
おとこ　どうりょう

o.to.ko.no./do.u.ryo.u.

男性同事。

男の子
おとこ　こ

男孩
o.to.ko.no.ko.

例 句

☞ 男の子が生まれた。
おとこ　こ　う

o.to.ko.no.ko.ga./u.ma.re.ta.

生了男孩。

女
おんな

女性、女生
o.n.na.

例 句

☞ 女の友達。
おんな　ともだち

o.n.na./no.to.mo.da.chi.

女性友人。

女の子
女孩
o.n.na.no.ko.

例 句

☞ 私は女の子です。

wa.ta.shi.wa./o.n.na.no.ko.de.su.

我是女孩。

男子
男子、男性
da.n.shi.

例 句

☞ 男子トイレ。

da.n.shi.to.i.re.

男生廁所。

女子
女子、女性
jo.shi.

例 句

☞ 女子高生。

jo.shi.ko.u.se.i.

女子高中生。

• track 007

右手
みぎて
右手
mi.gi.te.

例句

☞ 右手で握る。
みぎて にぎ

mi.gi.te.de./ni.gi.ru.

用右手握。

左手
ひだりて
左手
hi.da.ri.te.

例句

☞ 左手を挙げる。
ひだりて あ

hi.da.ri.te.o./a.ge.ru.

舉起左手。

雨
あめ
雨
a.me.

例句

☞ 雨が降る。
あめ ふ

a.me.ga./fu.ru.

下雨。

上^あがる
登、上
a.ga.ru.

例句

☞ 階段^{かいだん}を上^あがる。

ka.i.da.o.w./a.ga.ru.

爬上樓梯。

円^{まる}い
圓的
ma.ru.i.

例句

☞ 円^{まる}いテーブル。

ma.ru.i.te.e.bu.ru.

圓的桌子。
(円^{まる}い＝丸^{まる}い)

目印^{めじるし}
記號
me.ji.ru.shi.

例句

☞ 目印^{めじるし}をつける。

me.ji.ru.shi.o./tsu.ke.ru.

做記號。

足音 ^{あしおと}
脚步聲
a.shi.o.to.

☞ 足音がする。

a.shi.o.to.ga./su.ru.

有腳步聲。

木 ^き
樹、木
ki.

例 句

☞ 木に登る。

ki.ni./no.bo.ru.

爬樹。

ぶら下がる
垂吊、懸
bu.ra.sa.ga.ru.

例 句

☞ 木の枝にぶら下がる。

ki.no.e.da.ni./bu.ra.sa.ga.ru.

從樹枝上垂下來。

休み
やす
放假、休息
ya.su.mi.

例 句

☞ 明日は休みです。
あした　　やす

a.shi.ta.wa./ya.su.mi.de.su.

明天放假。

花火
は な び
煙火
ha.na.bi.

例 句

☞ 花火を上げる。
は な び　　あ

ha.na.bi.o./a.ge.ru.

放煙火。

白い
しろ
白色
shi.ro.i.

例 句

☞ 歯が白いです。
は　　しろ

ha.ga./shi.ro.i.de.su.

牙齒是白色的。

●track 009

貝
かい

貝類、貝殼

ka.i.

例 句

☞ 貝を食べる。

ka.i.o./ta.be.ru.

吃貝類。

見付ける
み つ

找到、發現

mi.tsu.ke.ru.

例 句

☞ 仕事を見つける。

shi.go.to.o./mi.tsu.ke.ru.

找工作。

小学校
しょうがっこう

小學

sho.u.ga.kko.u.

例 句

☞ 小学校へ行く。

sho.u.ga.kko.u.e./i.ku.

去小學。

入学式
にゅうがくしき

入學典禮

nyu.u.ga.ku.shi.ki.

例　句

☞ 入学式に出席する。
にゅうがくしき　　しゅっせき

nyu.u.ga.ku.shi.ki.ni./shu.sse.ki.su.ru.

出席入學典禮。

天気
てんき

天氣

te.n.ki.

例　句

☞ 天気がいいです。
てんき

te.n.ki.ga./i.i.de.su.

天氣很好。

山
やま

山

ya.ma.

例　句

☞ 山に登る。
やま　のぼ

ya.ma.ni./no.bo.ru.

爬山。

あおぞら
青空
藍天、露天

a.o.zo.ra.

例 句

☞ 青空教室。

a.o.zo.ra.kyo.u.shi.tsu.

露天教室。

☞ 抜けるような青空。

nu.ke.ru.yo.u.na./a.o.zo.ra.

蔚藍的天空。

ちから
力
力氣、力量

chi.ka.ra.

例 句

☞ 力を出す。

chi.ka.ra.o./da.su.

使力。

みかづき
三日月
新月、月牙

mi.ka.zu.ki.

例 句

☞ 三日月が見える。

mi.ka.zu.ki.ga./mi.e.ru.

可以看見月牙。

(上弦月、下弦月都稱「三日月」)

あか
赤い
紅色的
a.ka.i.

例 句

☞ 赤い服を着る。

a.ka.i.fu.ku.o./ki.ru.

穿紅色的衣服。

いと
糸
線
i.to.

例 句

☞ 糸を切る。

i.to.o./ki.ru.

切斷線。

☞ 赤い糸。

a.ka.i.i.to.

紅線。(指命運的紅線)

しゅっせき
出席
出席、参加
shu.sse.ki.

例 句

☞ 授業に出席する。

ju.gyo.u.ni./shu.sse.ki.su.ru.

去上課。

ひとり
一人
一個人
hi.to.ri.

例 句

☞ 一人で行く。

hi.to.ri.de./i.ku.

一個人去。

ふたり
二人
兩個人
fu.ta.ri.

例 句

☞ 二人で行く。

fu.ta.ri.de./i.ku.

兩個人一起去。

おうじ
王子
王子
o.u.ji.

例 句

☞ 私の王子様。

wa.ta.shi.no./o.u.ji.sa.ma.

我的王子。

でいりぐち
出入口
出入口
de.i.ri.gu.chi.

例 句

☞ 5B 出入口から出ます。

go.bi.de.i.ri.gu.chi.ka.ra./de.ma.su.

從5B出入口出來。

ふじさん
富士山
富士山
fu.ji.sa.n.

例 句

☞ 富士山は日本一の山。

fu.ji.sa.n.wa./ni.ho.n.i.chi.no./ya.ma.

富士山是日本第一的山。

犬
いぬ

狗

i.nu.

例句

☞ 犬を飼う。
いぬ か

i.nu.o./ka.u.

養狗。

文字
も じ

文字

mo.ji.

例句

☞ 文字を発明した。
も じ はつめい

mo.ji.o./ha.tsu.me.i.shi.ta.

發明文字。

正しい
ただ

正確

ta.da.shi.i.

例句

☞ この答えは正しいです。
こた ただ

ko.no.ko.ta.e.wa./ta.da.shi.i.de.su.

這個答案是正確的。

耳
みみ

耳朵

mi.mi.

例 句

☞ うさぎの耳が長いです。

u.sa.gi.no./mi.mi.ga./na.ga.i.de.su.

兔子的耳朵很長。

大きい
おお

大

o.o.ki.i.

例 句

☞ 象の耳が大きいです。

zo.u.no./mi.mi.ga./o.o.ki.i.de.su.

象的耳朵很大。

小さい
ちい

小

chi.i.sa.i.

例 句

☞ 彼は手が小さいです。

ka.re.wa./te.ga./chi.i.sa.i.de.su.

他的手很小。

くるま
車

車

ku.ru.ma.

例 句

☞ 車を運転する。

ku.ru.ma.o./u.n.te.n.su.ru.

開車。

て い
手入れ

修整

te.i.re.

例 句

☞ 髪の手入れをする。

ka.mi.no.te.i.re.o./su.ru.

修整頭髮。

にんき
人気

人望、受歡迎

ni.n.ki.

例 句

☞ 人気がある。

ni.n.ki.ga./a.ru.

受歡迎。

森
森林
mo.ri.

例 句

☞ 学校の後ろに大きな森がある。

ga.kko.u.no.u.shi.ro.ni./o.o.ki.na./mo.ri.ga./a.ru.

學校的後面有一座大森林。

川
河川
ka.wa.

例 句

☞ 川を渡る。

ka.wa.o./wa.ta.ru.

渡過河川。

水
水
mi.zu.

例 句

☞ 水を飲む。

mi.zu.o./no.mu.

喝水。

くさ
草
草
ku.sa.

例 句

☞ 草が生える。

ku.sa.ga./ha.e.ru.

草長出來。

う
生まれる
出生、誕生
u.ma.re.ru.

例 句

☞ 子どもが生まれた。

ko.do.mo.ga./u.ma.re.ta.

小孩出生了。

ゆうひ
夕日
夕陽
yu.u.hi.

例 句

☞ 夕日が沈む。

yu.u.hi.ga./shi.zu.mu.

夕陽西下。

王様
おうさま

國王

o.u.sa.ma.

例 句

☞ 王様ゲーム。
おうさま

o.u.sa.ma.ge.e.mu.

大冒險遊戲。(國王遊戲)

☞ ドリアンは果物の王様だ。
くだもの　おうさま

do.ri.a.n.wa./ku.da.mo.no.no./o.u.sa.ma.da.

榴槤是水果之王。

入れる
い

放入、加入、請入、收容

i.re.ru.

例 句

☞ ポケットに鍵を入れる。
かぎ　い

po.ke.tto.ni./ka.gi.o./i.re.ru.

把鑰匙放入口袋中。

☞ コーヒに砂糖を入れる。
さとう　い

ko.o.hi.ni./sa.to.u.o./i.re.ru.

把糖加入咖啡裡。

千人力
せんにんりき

有千人的力氣、感到可靠

se.n.ni.n.ri.ki.

例 句

☞ 彼は千人力の男だ。
かれ　　せんにんりき　　おとこ

ka.re.wa./se.n.ni.n.ri.ki.no./o.to.ko.da.

他是擁有千人力氣的男子。

☞ このパソコンがあれば千人力だ。
　　　　　　　　　　　　　せんにんりき

ko.no.pa.so.ko.n.ga./a.re.ba./se.n.ni.n.ri.ki.da.

有這台電腦的話就能讓人安心了。

先生
せんせい

老師

se.n.se.i.

例 句

☞ 彼は英語の先生です。
かれ　えいご　せんせい

ka.re.wa./e.i.go.no./se.n.se.i.de.su.

他是英語老師。

名前
なまえ

名、名字

na.ma.e.

例 句

☞お名前は何ですか。

o.na.ma.e.wa./na.n.de.su.ka.

你叫什麼名字呢？

名字
姓
myo.u.ji.

例 句

☞名字は田中、名前は一郎です。

myo.u.ji.wa./ta.na.ka./na.ma.e.wa./i.chi.ro.u.de.su.

姓田中，名一郎。

早起き
早起
ha.ya.o.ki.

例 句

☞早起きして運動する。

ha.ya.o.ki.shi.te./u.n.do.u.su.ru.

早起運動。

竹
竹子
ta.ke.

例 句

☞ 竹が生える。

ta.ke.ga./ha.e.ru.

竹子長出來。

空中ブランコ
空中飛人
ku.u.chu.u.bu.ra.n.ko.

例 句

☞ 空中ブランコを見る。

ku.u.chu.u.bu.ra.n.ko.o./mi.ru.

觀賞空中飛人表演。

見る
看
mi.ru.

例 句

☞ 鏡を見る。

ka.ga.mi.o./mi.ru.

照鏡子。

町
城市、市鎮
ma.chi.

例 句

☞ この町に住んでいる。

ko.no.ma.chi.ni./su.n.de.i.ru.

住在這個城市。

りんりつ
林立する
林立
ri.n.ri.tsu.su.ru.

例 句

☞ 高層ビルが林立する。

ko.u.so.u.bi.ru.ga./ri.n.ri.tsu.su.ru.

高樓林立。

むし
虫
蟲
mu.shi.

例 句

☞ 虫が嫌いです。

mu.shi.ga./ki.ra.i.de.su.

討厭蟲。

き　　い
気に入り
喜歡、中意
ki.ni.i.ri.

例 句

☞ お気に入りの店。

o.ki.ni.i.ri.no.mi.se.

喜歡的店。

土足
どそく

穿著鞋子進到屋內

do.so.ku.

例 句

☞ 土足厳禁。
どそくげんきん

do.so.ku.ge.n.ki.n.

禁止穿著鞋子進入。（請脫鞋。）

年上
としうえ

年紀比較大

to.shi.u.e.

例 句

☞ 私は彼女より一つ年上です。
わたし　かのじょ　　　　ひと　としうえ

wa.ta.shi.wa./ka.no.jo.yo.ri./hi.to.tsu./to.sh.u.e.de.su.

我比她大一歲。

人
ひと

人

hi.to.

例 句

☞ 彼は真面目な人です。

ka.re.wa./ma.ji.me.na./hi.to.de.su.

他是認真的人。

正月

一月、新年

sho.u.ga.tsu.

例 句

☞ 正月を迎える。

sho.u.ga.tsu.o./mu.ka.e.ru.

迎接一月(新年)。

見学

參觀(學習)

ke.n.ga.ku.

例 句

☞ 工場を見学する。

ko.u.jo.u.o./ke.n.ga.ku.su.ru.

到工場參觀。

左右

左右

sa.yu.u.

例 句

• track 017-018

☞ 左右に分かれる。

sa.yu.u.ni./wa.ka.re.ru.

左右分開。

☞ 運命を左右する。

u.n.me.i.o./sa.yu.u.su.ru.

左右命運。

天井
てんじょう

天花板

te.n.jo.u.

例 句

☞ この部屋は天井が高い。

ko.no.he.ya.wa./te.n.jo.u.ga./ta.ka.i.

這個房間的天花板很高。

雨水
あまみず

雨水

a.ma.mi.zu.

例 句

☞ 雨水が溜まる。

a.ma.mi.zu.ga./ta.ma.ru.

累積了雨水。

本音
ほんね

真心話

ho.n.ne.

例 句

☞ 本音を吐く。
ほんね　は

ho.n.ne.o./ha.ku.

吐露真心話。

花瓶
かびん

花瓶

ka.bi.n.

例 句

☞ 花瓶が割れる。
かびん　わ

ka.bi.n.ga./wa.re.ru.

花瓶破了。

金
かね

錢

ka.ne.

例 句

☞ お金を借りる。
かね　か

o.ka.ne.o./ka.ri.ru.

向人借錢。

学ぶ
まな

學習

ma.na.bu.

例 句

☞ 英語を学ぶ。
えいご　まな

e.i.go.o./ma.na.bu.

學習英語。

九九
くく

九九乘法

ku.ku.

例 句

☞ 九九を歌える。
くく　うた

ku.ku.o./u.ta.e.ru.

會背誦九九乘法。

休日
きゅうじつ

假日、休假

kyu.u.ji.tsu.

例 句

☞ 明日は休日です。
あした　きゅうじつ

a.shi.ta.wa./kyu.u.ji.tsu.de.su.

明天是假日。

音楽
おんがく

音樂

o.n.ga.ku.

例 句

☞ 音楽を聴く。
おんがく き

o.n.ga.ku.io./ki.ku.

聽音樂。

空手
からて

空手、空手道

ka.ra.te.

例 句

☞ 空手で行く。
からて い

ka.ra.te.de./i.ku.

空著手去。

☞ 空手を学ぶ。
からて まな

ka.ra.te.o./ma.na.bu.

學空手道。

名手
めいしゅ

名家、名人

me.i.shu.

例 句

• track 019-020

☞ ピアノの名手。

pi.a.no.no./me.i.shu.

鋼琴名家。

村
むら

村莊

mu.ra.

例 句

☞ 小さい村に住んでいる。

chi.i.sa.i.mu.ra.ni./su.n.de.i.ru.

住在小村莊。

人口
じんこう

人口

ji.n.ko.u.

例 句

☞ 人口が減る。

ji.n.ko.u.ga./he.ru.

人口減少。

手紙
てがみ

信

te.ga.mi.

例 句

☞ 手紙を書く。

te.ga.mi.o./ka.ku.

寫信。

出す

拿出、送出、出場、寄送、提出

da.su.

例 句

☞ 手紙を出す。

te.ga.mi./o.da.su.

寄出信。

☞ 財布を出す。

sa.i.fu.o./da.su.

拿出錢包。(出錢)

☞ 宿題を出す。

shu.ku.da.i.o./da.su.

出作業。

出る

出去、露出、出現

de.ru.

例 句

☞ 部屋を出る。

he.ya.o./de.ru.

出房間。

☞ 大学を出る。

da.i.ga.ku.o./de.ru.

從大學出來。(從大學畢業。)

☞ 社会に出る。

sha.ka.i.ni.de.ru.

出社會。

上手

擅長

jo.u.zu.

例 句

☞ ピアノが上手です。

pi.a.no.ga./jo.u.zu.de.su.

鋼琴彈得很好。

下手

不擅長、笨拙

he.ta.

例 句

☞ 料理が下手です。

ryo.u.ri.ga./he.ta.de.su.

不擅長烹飪。

気付く
注意到、察覺
ki.zu.ku.

例　句

☞ 自分の誤りに気づく。

ji.bu.n.no./a.ya.ma.ri.ni./ki.zu.ku.

察覺自己的錯誤。

七夕
七夕
ta.na.ba.ta.

例　句

☞ 七夕にイベントを開催する。

ta.na.ba.ta.ni./i.be.n.to.o./ka.i.sa.i.su.ru.

在七夕舉辦活動。

見える
看得見、看見
mi.e.ru.

例　句

☞ 星が見える。

ho.shi.ga./mi.e.ru.

看得到星星。

口先
くちさき
嘴、口頭

ku.chi.sa.ki.

例句

☞ 口先だけの約束。

ku.chi.sa.ki.da.ke.no./ya.ku.so.ku.

只是口頭的約定。

魚
さかな
魚

sa.ka.na.

例句

☞ 魚を食べる。

sa.ka.na.o./ta.be.ru.

吃魚。

真っ青
ま さお
蔚藍、(臉色)鐵青

ma.ssa.o.

例句

☞ 真っ青な空。

ma.ssa.o.na./so.ra.

蔚藍的天空。

真っ赤
鮮紅、通紅
ma.kka.

例 句

☞ 顔が真っ赤になる。

ka.o.ga./ma.kka.ni.na.ru.

臉變得通紅。

足し算
加法
ta.shi.za.n.

例 句

☞ 足し算をする。

ta.shi.za.n.o./su.ru.

算加法。

土
土、土地
tsu.chi.

例 句

☞ 故郷の土を踏む。

fu.ru.sa.to.no./tsu.chi.o./fu.mu.

踏上故鄉的土地。

本
書
ho.n.

例 句

☞ この本は面白いです。

ko.no.ho.n.wa./o.mo.shi.ro.i.de.su.

這本書很有趣。

誕生日
生日
ta.n.jo.u.bi.

例 句

☞ お誕生日おめでとうございます。

o.ta.n.jo.u.bi./o.me.de.to.u./go.za.i.ma.su.

生日快樂。

鳥
鳥、雞
to.ri.

例 句

☞ 鳥が飛ぶ。

to.ri.ga./to.bu.

鳥飛翔。

飛び立つ
と た

起飛、飛上天

to.bi.ta.tsu.

例 句

☞ 飛行機が飛び立つ。
ひ こう き　　　と　　た

hi.ko.u.ki.ga./to.bi.ta.tsu.

飛機起飛。

青年
せいねん

青年

se.i.ne.n.

例 句

☞ 彼は好青年です。
かれ　　こうせいねん

ka.re.wa./ko.u.se.i.ne.n.de.su.

他是個好青年。

大学生
だいがくせい

大學生

da.i.ga.ku.se.i.

例 句

☞ 兄は大学生です。
あに　　だいがくせい

a.ni.wa./da.i.ga.ku.se.i.de.su.

哥哥是大學生。

小学生
しょうがくせい

小學生

sho.u.ga.ku.se.i.

例 句

☞ 息子は小学生です。
むすこ　しょうがくせい

mu.su.ko.wa./sho.u.ga.ku.se.i.de.su.

我兒子是小學生。

手伝う
て つだ

幫忙

te.tsu.da.u.

例 句

☞ 家事を手伝う。
か じ　　て つだ

ka.ji.o./te.tsu.da.u.

幫忙做家事。

大人
おとな

大人

o.to.na.

例 句

☞ 大人になる。
おとな

o.to.na.ni./na.ru.

變成大人。

子供
こども

小孩

ko.do.mo.

例句

☞ 彼は子供が好きです。
かれ　こども　　　す

ka.re.wa./ko.do.mo.ga./su.ki.de.su.

他喜歡小孩。

一気
いっき

一口氣、一舉

i.kki.

例句

☞ コーラを一気に飲む。
いっき　の

ko.o.ra.o./i.kki.ni./no.mu.

一口氣喝完可樂。

上り坂
のぼ　ざか

上坡、上升

no.bo.ri.za.ka.

例句

☞ 上り坂を進む。
のぼ　ざか　すす

no.bo.ri.za.ka.o./su.su.mu.

爬上坡。

● track　024-025

☞ 人気は上り坂だ。

ni.n.ki.wa./no.bo.ri.za.ka.da.

人氣上升。

下ろす
取下、卸下、垂下

o.ro.su.

例 句

☞ 手を下ろす。

te.o.o.ro.su.

放下手。

下校
放學

ge.ko.u.

例 句

☞ 何時に下校しますか。

na.n.ji.ni./ge.ko.u.shi.ma.su.ka.

幾點放學呢？

雨天
雨天

u.te.n.

例 句

☞ 雨天が続く。

u.te.n.ga./tsu.zu.ku.

雨天一直持續。

☞ 雨天決行。

u.te.n.ke.kko.u.

雨天也要舉行。

中止
中止
chu.u.shi.

例 句

☞ イベントを中止する。

i.be.n.to.o./chu.u.shi.su.ru.

中止活動。

金魚
金魚
ki.n.gyo.

例 句

☞ 金魚を飼う。

ki.n.gyo.o./ka.u.

養金魚。

二年級

くも
雲
雲
ku.mo.

例 句

☞ 雲が晴れた。

ku.mo.ga./ha.re.ta.

雲散去了。

き ま
切れ間
縫隙、間斷
ki.re.ma.

例 句

☞ 雲の切れ間。

ku.mo.no./ki.re.ma.

雲的縫隙。(雲間)

は ね
羽
翅膀、羽毛
ha.ne.

例 句

☞ 羽が生えそろう。

ha.ne.ga./ha.e.so.ro.u.

羽毛長齊。

☞ 羽を伸ばす。

ha.ne.o./no.ba.su.

伸展翅膀。

広げる

擴大、拓寬

hi.ro.ge.ru.

例 句

☞ 店を広げる。

mi.se.o./hi.ro.ge.ru.

擴店。／展店。

直線

直線

cho.ku.se.n.

例 句

☞ 直線を引く。

cho.ku.se.n.o./hi.ku.

畫直線。

姉

姉姉

a.ne.

例 句

☞ 私には姉が一人います。

wa.ta.shi.ni.wa./a.ne.ga.hi.to.ri./i.ma.su.

我有一個姊姊。

おとうと
弟

弟弟

o.to.u.to.

例 句

☞ 私には弟が三人います。

wa.ta.shi.ni.wa./o.to.u.to.ga./sa.n.ni.n.i.ma.su.

我有三個弟弟。

あに
兄

哥哥

a.ni.

例 句

☞ 彼は私の兄です。

ka.re.wa./wa.ta.shi.no./a.ni.de.su.

他是我的哥哥。

こうえん
公園

公園

ko.u.e.n.

例 句

☞ 公園を散歩する。

ko.u.e.n.o./sa.n.po.su.ru.

在公園散步。

行く

去

i.ku.

例 句

☞ 学校へ行く。

ga.kko.u.e./i.ku.

去學校。

絵本

繪本

e.ho.n.

例 句

☞ 絵本を読む。

e.ho.n.o./yo.mu.

看繪本。

作家

作家

sa.kka.

例 句

☞ 作家になりたいです。

sa.kka.ni./na.ri.ta.i.de.su.

想成為作家。

算数
算數

sa.n.su.u.

例 句

☞ 算数が苦手です。

sa.n.su.u.ga./ni.ga.te.de.su.

不擅長算數。

教科書
教科書

kyo.u.ka.sho.

例 句

☞ 教科書を予習する。

kyo.u.ka.sho.o./yo.shu.u.su.ru.

預習教科書的內容。

夏休み
暑假

na.tsu.ya.su.mi.

例 句

☞ 夏休みが始まる。

na.tsu.ya.su.mi.ga./ha.ji.ma.ru.

開始放暑假。

計画
計畫
ke.i.ka.ku.

例 句

☞ 計画を立てる。

ke.i.ka.ku.o.ta.te.ru.

建立計畫。

遠足
遠足
e.n.so.ku.

例 句

☞ 遠足で京都へ行った。

e.n.so.ku.de./kyo.u.to.e./i.tta.

遠足時去了京都。

近い
近
chi.ka.i.

例 句

☞ 私の家は会社から近いです。

wa.ta.shi.no.i.e.wa./ka.i.sha.ka.ra./chi.ka.i.de.su.

我家離公司很近。

音
(非人的)聲音
o.to.

例 句

☞ 変な音がする。

he.n.na.o.to.ga./su.ru.

有奇怪的聲音。

歌う
唱
u.ta.u.

例 句

☞ 歌を歌う。

u.ta.o./u.ta.u.

唱歌。

外国
國外
ga.i.ko.ku.

例 句

☞ 外国へ行きたいです。

ga.i.ko.ku.e./i.ki.ta.i.de.su.

想去國外。

海外
國外
ka.i.ga.i.

例　句

☞ 海外に留学する。

ka.i.ga.i.ni./ryu.u.ga.ku.su.ru.

到國外留學。

友人
朋友
yu.u.ji.n.

例　句

☞ 友人と付き合う。

yu.u.ji.n.to./tsu.ki.a.u.

和朋友來往。

会う
見面、碰面
a.u.

例　句

☞ 客に会う。

kya.ku.ni./a.u.

和客人見面。

春

春天

ha.ru.

例 句

☞ 春が来た。

ha.ru.ga./ki.ta.

春天來了。

海

海

u.mi.

例 句

☞ 海を渡る。

u.mi.o./wa.ta.ru.

渡海。

牛

牛

u.shi.

例 句

☞ 牛を飼う。

u.shi.o./ka.u.

養牛。

長い

長的

na.ga.i.

例 句

☞ 象は鼻が長いです。

zo.u.wa./ha.na.ga./na.ga.i.de.su.

大象的鼻子很長。

顔

臉

ka.o.

例 句

☞ 顔が大きいです。

ka.o.ga./o.o.ki.i.de.su.

臉很大。

丸い

圓的

ma.ru.i.

例 句

☞ 顔が丸いです。

ka.o.ga./ma.ru.i.de.su.

臉很圓。
（円い＝丸い）

形
形狀
ka.ta.chi.

例 句

☞ 形が変わる。

ka.ta.chi.ga./ka.wa.ru.

形狀改變。

魚
魚
sa.ka.na.

例 句

☞ 魚料理が好きです。

sa.ka.na.ryo.u.ri.ga./su.ki.de.su.

喜歡魚類料理。

魚市場
魚市
u.o.i.chi.ba.

• track 031-032

例 句

☞ 魚^{うお}市^{いち}場^ばへ行^いく。

u.o.i.chi.ba.e./i.ku.

去魚市。

汽^き車^{しゃ}

火車

ki.sha.

例 句

☞ 汽^き車^{しゃ}に乗^のる。

ki.sha.ni./no.ru.

坐火車。

草^{そう}原^{げん}

草原

so.u.ge.n.

例 句

☞ 草^{そう}原^{げん}を走^{はし}る。

so.u.ge.n.o./ha.shi.ru.

在草原上跑。

日^{にっ}記^き

日記

ni.kki.

例 句

☞ 日記をつける。

ni.kki.o./tsu.ke.ru.

寫日記。

家
家
i.e.

例 句

☞ 家に帰る。

i.e.ni./ka.e.ru.

回家。

上京
上東京
jo.u.kyo.u.

例 句

☞ 地方から上京する。

chi.ho.u.ka.ra./jo.u.kyo.u.su.ru.

從鄉下到東京。

強い
強壯、強大
tsu.yo.i.

例 句

☞ 力が強いです。

chi.ka.ra.ga./tsu.yo.i.de.su.

力量很強大。

力

力量、力氣

chi.ka.ra.

例 句

☞ 力がある。

chi.ka.ra.ga./a.ru.

有力氣。/有力量。

人形

人偶、玩偶、傀儡

ni.n.gyo.u.

例 句

☞ 人形を作る。

ni.n.gyo.u.o./tsu.ku.ru.

製作人偶。

戸外

戸外

ko.ga.i.

例句

☞ 戸外で遊ぶ。

ko.ga.i.de./a.so.bu.

在戶外玩。

通じる
通、通曉、通往、了解
tsu.u.ji.ru.

例句

☞ 電話が通じる。

de.n.wa.ga./tsu.u.ji.ru.

電話通了。

☞ 話が通じる。

ha.na.shi.ga./tsu.u.ji.ru.

聽得懂對方的話。

言い直す
重新講
i.i.na.o.su.

例句

☞ 大声ではっきりと言い直す。

o.o.go.e.de./ha.kki.ri.to./i.i.na.o.su.

大聲清楚地重講。

☞ 易しい言葉で言い直す

ya.sa.shi.i.ko.to.ba.de./i.i.na.o.su.

用簡單的話重新解釋。

雨戸
あまど

雨窗

a.ma.do.

例 句

☞ 雨戸を開ける。

a.ma.do.o./a.ke.ru.

打開雨窗。

夜
よる

夜晚

yo.ru.

例 句

☞ 夜が更ける。

yo.ru.ga./fu.ke.ru.

夜深了。

夜空
よぞら

夜空

yo.zo.ra.

例 句

☞ 星が夜空に輝く。

ho.shi.ga./yo.zo.ra.ni./ka.ka.ya.ku.

星星在夜空閃耀。

午前中
上午、中午前
go.ze.n.chu.u.

例 句

☞ 午前中に仕事を片付ける。

go.ze.n.chu.u.ni./shi.go.to.o./ka.ta.zu.ke.ru.

中午前把工作做完。

工場
工廠
ko.u.jo.u.

例 句

☞ 工場で働く。

ko.u.jo.u.de./ha.ta.ra.ku.

在工廠工作。

交番
警局、輪替
ko.u.ba.n.

例 句

☞ 交番に道を聞く。

ko.u.ba.n.ni./mi.chi.o./ki.ku.

向警察問路。

☞ 世代交番。

se.da.i.ko.u.ba.n.

世代交替。

道
道路
mi.chi.

例 句

☞ 道が広いです。

mi.chi.ga./hi.ro.i.de.su.

道路很寬。

☞ 道に迷う。

mi.chi.ni./ma.yo.u.

迷路。

光る
發亮
hi.ka.ru.

例 句

☞ 星が光る。

ho.shi.ga./hi.ka.ru.

星星發亮。

高校生
こうこうせい

高中生

ko.u.ko.u.se.i.

例 句

☞ 兄は高校生です。
あに　こうこうせい

a.ni.wa./ko.u.ko.u.se.i.de.su.

哥哥是高中生。

妹
いもうと

妹妹

i.mo.u.to.

例 句

☞ 妹さんは可愛いです。
いもうと　かわい

i.mo.u.to.sa.n.wa./ka.wa.i.i.de.su.

(你的)妹妹很可愛。

電話
でんわ

電話

de.n.wa.

例 句

☞ 電話を掛ける。
でんわ　か

de.n.wa.o./ka.ke.ru.

打電話。

● track 036

かぜ
風
風
ka.ze.

例 句

☞ 風が吹く。

ka.ze.ga./fu.ku.

風吹拂。

み お
見下ろす
俯瞰、瞧不起
mi.o.ro.su.

例 句

☞ 飛行機から町を見下ろす。

hi.ko.u.ki.ka.ra./ma.chi.o./mi.o.ro.su.

從飛機俯瞰城市。

☞ 人を見下ろす。

hi.to.o./mi.o.ro.su.

瞧不起人。

からだ
体
身體
ka.ra.da.

例 句

☞ 体が弱いです。

ka.ra.da.ga./yo.wa.i.de.su.

身體虛弱。

☞ 体を鍛える。

ka.ra.da.o./ki.ta.e.ru.

鍛鍊身體。

兄弟
兄弟姊妹

kyo.u.da.i.

例 句

☞ 兄弟が3人いる。

kyo.u.da.i.ga./sa.n.ni.n.i.ru.

有三個兄弟姊妹。

作文
作文

sa.ku.bu.n.

例 句

☞ 作文を書く。

sa.ku.bu.n.o./ka.ku.

寫作文。

●track 037

台風
たいふう

颱風

ta.i.fu.u.

例 句

☞ 台風が上陸する。
たいふう　じょうりく

ta.i.fu.u.ga./jo.u.ri.ku.su.ru.

颱風登陸。

中止する
ちゅうし

中止

chu.u.shi.su.ru.

例 句

☞ ライブを中止する。
ちゅうし

ra.i.bu.o./chu.u.shi.su.ru.

中止演唱會。

思い出
おも　　で

回憶

o.mo.i.de.

例 句

☞ 楽しい思い出。
たの　　おも　で

ta.no.shi.i./o.mo.i.de.

快樂的回憶。

☞ 思い出を語る。

o.mo.i.de./o.ka.ta.ru.

講出回憶。

船
船
fu.ne.

例 句

☞ 船に乗る。

fu.ne.ni./no.ru.

搭船。
（船＝舟）

大切
重要的、珍惜
ta.i.se.tsu.

例 句

☞ 大切なこと。

ta.i.se.tsu.na.ko.to.

重要的東西。

☞ おもちゃを大切にする。

o.mo.cha.o./ta.i.se.tsu.ni.su.ru.

珍惜玩具。

• track 038

じぶん
自分
自己
ji.bu.n.

例 句

☞ 自分で行く。

ji.bu.n.de./i.ku.

自己去。

おこな
行う
舉辦
o.ko.na.u.

例 句

☞ 会議を行う。

ka.i.gi.o./o.ko.na.u.

舉辦會議。

しんぶん
新聞
報紙
shi.n.bu.n.

例 句

☞ 新聞を読む。

shi.n.bu.n.o./yo.mu.

看報紙。

知る
知道、了解、認識
shi.ru.

例　句

☞ ネットで事件を知った。

ne.tto.de./ji.ke.n.o./shi.tta.

從網路上得知事件。

☞ 知らない人に声をかけられた。

shi.ra.na.i.hi.to.ni./ko.e.o./ka.ke.ra.re.ta.

被不認識的人搭訕。

弱音
洩氣話
yo.wa.ne.

例　句

☞ 弱音を吐く。

yo.wa.ne.o./ha.ku.

說洩氣話。

考え
想法
ka.n.ga.e.

例　句

☞ 考えが浅いです。

ka.n.ga.e.ga./a.sa.i.de.su.

想法很淺薄。

読書
讀書
do.ku.sho.

例　句

☞ 趣味は読書です。

shu.mi.wa./do.ku.sho.de.su.

興趣是讀書。

晴れる
放晴
ha.re.ru.

例　句

☞ 明日は晴れるでしょう。

a.shi.ta.wa./ha.re.ru.de.sho.u.

明天應該會放晴。

当てる
碰、撞、猜中、成功
a.te.ru.

例 句

☞ 壁に耳を当てる。

ka.be.ni./mi.mi.o./a.te.ru.

把耳朵貼在牆上。

火
火
hi.

例 句

☞ 火をつける。

hi.o.tsu.ke.ru.

點火

用心
よ う じ ん
小心、提防
yo.u.ji.n.

例 句

☞ 手荷物に用心する。

te.ni.mo.tsu.ni./yo.u.ji.n.su.ru.

注意隨身行李。

親子
お や こ
親子
o.ya.ko.

● track 039-040

例　句

☞ 親子で遊ぶ。

o.ya.ko.de./a.so.bu.

親子一起玩。

後ろ
後面
u.shi.ro.

例　句

☞ 後ろを振り返る。

u.shi.ro.o./fu.ri.ka.e.ru.

向後回首。

☞ 先生の後ろに立つ。

se.n.se.i.no./u.shi.ro.ni./ta.tsu.

站在老師後面。

地図
地圖
chi.zu.

例　句

☞ 地図を描く。

chi.zu.o./ka.ku.

畫地圖

行き先
目的地
yu.ki.sa.ki.

例句

☞ この列車の行き先はどこですか。

ko.no.re.ssha.no./yu.ki.sa.ki.wa./do.ko.de.su.ka.

這列火車是開往哪裡呢？

夕焼け
晚霞
yu.u.ya.ke.

例句

☞ 帰宅する時に夕焼けを見た。

ki.ta.ku.su.ru.to.ki.ni./yu.u.ya.ke.o./mi.ta.

回家時看見晚霞。

組み立てる
組合、組織
ku.mi.ta.te.ru.

例句

☞ プラモデルを組み立てる。

pu.ra.mo.de.ru.o./ku.mi.ta.te.ru.

組合塑膠模型。

☞ 考えを組み立てる。

ka.n.ga.e.o./ku.mi.ta.te.ru.

組織想法。

電池
でんち

電池

de.n.chi.

例 句

☞ 電池を入れる。

de.n.chi.o./i.re.ru.

裝入電池。

切れる
き

銳利、中斷、切斷、用盡

ki.re.ru.

例 句

☞ 電池が切れる。

de.n.chi.ga./ki.re.ru.

電池用完了。

茶の間
ちゃ　ま

客廳

cha.no.ma.

例 句

☞ 茶の間でテレビを観る。

cha.no.ma.de./te.re.bi.o./mi.ru.

在客廳看電視。

通す
とお

穿過、透過、帶、連貫

to.o.su.

例 句

☞ トンネルを通す。

to.n.ne.ru.o./to.o.su.

穿過隧道。

☞ お客さんを二階に通す。

o.kya.ku.sa.n.o./ni.ka.i.ni./to.o.su.

帶客人到二樓。

散歩
さんぽ

散步

sa.n.po.

例 句

☞ 犬を散歩させる。

i.nu.o./sa.n.po.sa.se.ru.

遛狗。

昼下がり
ひるさ

過午、過晌

hi.ru.sa.ga.ri.

例 句

☞ 昼下がりに映画を見る。
ひるさ　　　　　えいが　み

hi.ru.sa.ga.ri.ni./e.i.ga.o.mi.ru.

下午去看電影。

出かける
で

出門

de.ka.ke.ru.

例 句

☞ 買い物に出かける。
か　もの　で

ka.i.mo.no.ni./de.ka.ke.ru.

出門買東西。

広い
ひろ

寬廣

hi.ro.i.

例 句

☞ リビングが広いです。
ひろ

ri.bi.n.gu.ga./hi.ro.i.de.su.

客廳寬闊。

朝食
ちょうしょく

早餐

cho.u.sho.ku.

例 句

☞ 朝食をとる。
ちょうしょく

cho.u.sho.ku.o./to.ru.

吃早餐。

昼食
ちゅうしょく

午餐

chu.u.sho.ku.

例 句

☞ 昼食をとる。
ちゅうしょく

chu.u.sho.ku.o./to.ru.

吃午餐。

食べる
た

吃

ta.be.ru.

例 句

☞ りんごを食べる。
た

ri.n.go.o./ta.be.ru.

吃蘋果。

● track 043

売店
ばいてん

商店

ba.i.te.n.

例 句

☞ 売店で働く。
ばいてん　はたら

ba.oi.te.n.de./ha.ta.ra.ku.

在商店工作。

角
かど

角、轉角

ka.do.

例 句

☞ 頭が机の角に当たる。
あたま　つくえ　かど　あ

a.ta.ma.ga./tsu.ku.e.no./ka.do.ni./a.ta.ru.

撞到桌角。

☞ 角を曲がる。
かど　ま

ka.do.o./ma.ga.ru.

在轉角轉彎。

気にする
き

在意

ki.ni.su.ru.

例 句

☞ 彼は世間が何を言ってもちっとも気にしない。

ka.re.wa./se.ke.n.ga./na.ni.o./i.tte.mo./chi.tto.mo./ki.ni.
shi.na.i.

他完全不在意世人的看法。

☞ 人がなんと言おうと気にするな。

hi.to.ga./na.n.to.i.o.u.to./ki.ni.su.ru.na.

別人說什麼都別在意。

正直
老實、正直

sho.u.ji.ki.

例 句

☞ 兄は正直な人だ。

a.ni.wa./sho.u.ji.ki.na./hi.to.da.

哥哥是老實人。

☞ 正直なところ自信がない。

sho.u.ji.ki.na.to.ko.ro./ji.shi.n.ga./na.i.

老實說我沒有自信。

人間
人類

ni.n.ge.n.

例 句

☞ 人間は考える動物だ。

ni.n.ge.n.wa./ka.n.ga.e.ru./do.u.bu.tsu.da.

人是思考的動物。

頭
あたま

頭、頭腦

a.ta.ma.

例 句

☞ 頭が痛いです。

a.ta.ma.ga./i.ta.i.de.su.

頭很痛。

同じ
おな

相同、同樣

o.na.ji.

例 句

☞ 同じことを何度も言う。

o.na.ji.ko.to.o./na.n.do.mo.i.u.

同樣的事說了好幾次。

話し合う
はな　あ

談話、商量

ha.na.shi.a.u.

例句

☞ 仕事のことで上司と話し合う。

shi.go.to.no.ko.to.de./jo.u.shi.to./ha.na.shi.a.u.

和上司商量工作的事。

明るい

明亮、開朗

a.ka.ru.i.

例句

☞ 部屋が明るいです。

he.ya.ga./a.ka.ru.i.de.su.

房間很明亮。

☞ 明るい性格。

a.ka.ru.i.se.i.ka.ku.

開朗的個性。

小麦粉

麵粉

ko.mu.gi.ko.

例句

☞ 小麦粉を買う。

ko.mu.gi.ko.o./ka.u.

買麵粉。

作る
つく

製作、作

tsu.ku.ru.

例 句

☞ 料理を作る。
りょうり　つく

ryo.u.ri.o./tsu.ku.ru.

作菜。

分ける
わ

分開、區分

wa.ke.ru.

例 句

☞ 三回に分けて支払う。
さんかい　わ　　　しはら

sa.n.ka.i.ni./wa.ke.te./shi.ha.ra.u.

分成三次付款。

☞ 子供と大人に分ける。
こども　　おとな　わ

ko.do.mo.to./o.to.na.ni./wa.ke.ru.

分為大人和小孩。

方角
ほうがく

方向、方位

ho.u.ga.ku.

例 句

☞ 火事は会社の方角です。

ka.ji.wa./ka.i.sha.no./ho.u.ga.ku.de.su.

火災是發生在公司的方向。

☞ 南の方角。

mi.na.mi.no./ho.u.ga.ku.

南方方位。

☞ 違った方角から考えてみる。

chi.ga.tta./ho.u.ga.ku.ka.ra./ka.n.ga.e.te./mi.ru.

從不同的角度思考看看。

千秋楽
閉幕演出

se.n.shu.u.ra.ku.

例 句

☞ 今日はライブの千秋楽です。

kyo.u.wa./ra.i.bu.no./se.n.shu.u.ra.ku.de.su.

今天是演唱會的閉幕演出。(即最後一場)

鳴き声
叫聲

na.ki.go.e.

● track 045-046

例 句

☞ 猫の鳴き声が聞こえる。

ne.ko.no.na.ki.go.e.ga./ki.ko.e.ru.

聽見貓叫聲。

> ### 止める
> 停、止、阻止
> to.me.ru.

例 句

☞ タクシーを止める。

ta.ku.shi.i.o./to.me.ru.

招計程車。(叫計程車停下)

☞ 痛みを止める。

i.ta.mi.o./to.me.ru.

止痛。

> ### 引用する
> 引用
> i.n.yo.u.su.ru.

例 句

☞ 他の人の発言を引用する。

ho.ka.no.hi.to.no.ha.tsu.ge.n.o./i.n.yo.u.su.ru.

引用他人的發言。

売り切れる
賣完、售罄
u.ri.ki.re.ru.

例 句

☞ ライブのチケットはすぐに売り切れた。

ra.i.bu.no./chi.ke.tto.wa./su.gu.ni./u.ri.ki.re.ta.

演唱會的門票馬上就售罄。

春夏秋冬
春夏秋冬
shu.n.ka.shu.u.to.u.

例 句

☞ 春夏秋冬の切り替え時期。

shu.n.ka.shu.u.to.u.no./ki.ri.ka.e.ji.ki.

春夏秋冬轉換的時期。

歌手
歌手
ka.shu.

例 句

☞ 彼は歌手になりたいそうです。

ka.re.wa./ka.shu.ni./na.ri.ta.i.so.u.de.su.

聽說他想成為歌手。

当て
目標、期待
a.te.

例句

☞ 当てのない旅。

a.te.no.na.i./ta.bi.

沒有目標的旅程。

☞ 当てが外れる。

a.te.ga./ha.zu.re.ru.

期待落空。

外れる
脱落、偏離、落空、排擠
ha.zu.re.ru.

例句

☞ ボタンが外れている。

bo.ta.n.ga./ha.zu.re.te.i.ru.

鈕子鬆脫。

☞ 宝くじに外れる。

ta.ka.ra.ku.ji.ni./ha.zu.re.ru.

沒有中樂透。

☞ 天気予報が外れる。

te.n.ki.yo.ho.u.ga./ha.zu.re.ru.

氣象報告不準確。

☞ 仲間から外れる。

na.ka.ma.ka.ra./ha.zu.re.ru.

被朋友排擠孤立。

知人
熟人、朋友
chi.ji.n.

例 句

☞ 知人を頼って日本に行く。

chi.ji.n.o./ta.yo.tte./ni.ho.n.ni.i.ku.

去日本投靠朋友。

帰国
回國
ki.ko.ku.

例 句

☞ 海外から帰国する。

ka.i.ga.i.ka.ra./ki.ko.ku.su.ru.

從國外回國。

数える
計算
ka.zo.e.ru.

例 句

☞ 人数を数える。

ni.n.su.u.o./ka.zo.e.ru.

統計人數。

回す
まわ

轉動、依次傳遞、轉到

ma.wa.su.

例 句

☞ ドアのノブを回す。

do.a.no./no.bu.o./ma.wa.su.

轉門的手把。

☞ 順に回す。

ju.n.ni.ma.wa.su.

輪到(我的)順序。

教える
おし

教導

o.sho.e.ru.

例 句

☞ 英語を教える。

e.i.go.o./o.shi.e.ru.

教英語。

見計らう
斟酌、估計
mi.ha.ka.ra.u.

例 句

☞ 夕食の材料を見計らう。

yu.u.sho.ku.no./za.i.ryo.u.o./mi.ha.ka.ra.u.

估想晚餐的食材。

言行
言行
ge.n.ko.u.

例 句

☞ 彼は言行一致の人です。

ka.re.wa./ge.n.ko.u.i.cchi.no./hi.to.de.su.

他是言行一致的人。

中古
中古
chu.u.ko.

例 句

☞ 中古車を売る。

chu.u.ko.sha.o./u.ru.

賣中古車。

• track 049

げっこう
月光
月光。
ge.kko.u.

例句

☞ 月光が射しこむ。

ge.kko.u.ga./sa.shi.ko.mu.

月光照進來。

そと
外
外面
so.to.

例句

☞ 外から入る。

so.to.ka.ra./ha.i.ru.

從外面進來。

うち
内
裡面
u.chi.

例句

☞ 内へ入る。

u.chi.e./ha.i.ru.

到裡面來。

試合
しあい

比賽

shi.a.i.

例 句

☞ 試合に負ける。
しあい ま

shi.a.i.ni./ma.ke.ru.

輸了比賽。

親しい
した

熟稔、親近

shi.ta.shi.i.

例 句

☞ 親しい友達。
した ともだち

shi.ta.shi.i./to.mo.da.chi.

親近的朋友。

交わる
まじ

交叉、往來

ma.ji.wa.ru.

例 句

☞ いい人と交わる。
ひと まじ

i.i.hi.to.to./ma.ji.wa.ru.

和好的人來往。(結交益友)

思考
しこう

思考

shi.ko.u.

例 句

☞ 思考力が鈍る。
しこうりょく にぶ

si.ko.u.ryo.ku.ga./ni.bu.ru.

思考能力很遲鈍。

地元
じもと

當地、本地

ji.mo.to.

例 句

☞ 地元の意見を聞く。
じもと いけん き

ji.mo.to.no./i.ke.no./ki.ku.

聽當地民眾的意見。

名高い
なだか

有名

na.da.ka.i.

例 句

☞ 彼は世界に名高い芸術家です。
かれ せかい なだか げいじゅつか

ka.re.wa./se.ka.i.ni./na.da.ka.i./ge.ju.tsu.ka.de.su.

他是在世界享有盛名的藝術家。

内気
うちき
羞怯、內向
u.chi.ki.

例 句

☞ 彼は内気な人です。

ka.re.wa./u.chi.ke.na./hi.to.de.su.

他是內向的人。

合同
ごうどう
聯合、共同
go.u.do.u.

例 句

☞ 合同で運動会を開く。

go.u.do.u.de./u.n.do.u.ka.i.o./hi.ra.ku.

共同舉辦運動會。

当日
とうじつ
當天
to.u.ji.tsu.

例 句

☞ 詳細は当日知らせる。

sho.u.sa.i.wa./to.u.ji.tsu.shi.ra.se.ru.

詳情在當天通知。

こころづか
心遣い

掛慮、操心、關懷

ko.ko.ro.zu.ka.i.

例 句

☞ 色々と心遣いをする。

i.ro.i.ro.to./ko.ko.ro.zu.ka.i.o./su.ru.

關心備至。

つうち
通知

通知

tsu.u.chi.

例 句

☞ 日時を通知する。

ni.chi.ji.o./tsu.u.chi.su.ru.

通知日期時間。

でまわ
出回る

上市、充斥

de.ma.wa.ru.

例 句

☞ ももが出回っている。

mo.mo.ga./de.ma.wa.tte.i.ru.

桃子上市了。

弱小
じゃくしょう

弱小

ja.ku.sho.u.

例 句

☞ 弱小な国。
じゃくしょう　くに

ja.ku.sho.u.na.ku.ni.

弱小的國家。

光
ひかり

光芒、光

hi.ka.ri.

例 句

☞ 光を遮る。
ひかり　さえぎ

hi.ka.ri.o./sa.e.gi.ru.

遮住光線。

☞ 太陽の光。
たいよう　ひかり

ta.i.yo.u.no./hi.ka.ri.

太陽的光芒。

東西南北
とうざいなんぼく

東西南北

to.u.za.i.na.n.bo.ku.

● track 051-052

例　句

☞ 東西南北から人が集まる。

to.u.za.i.na.n.bo.ku.ka.ra./hi.to.ga./a.tsu.ma.ru.

人潮從四方聚集而來。

見渡す
放眼望去
mi.wa.ta.su.

例　句

☞ 観客を見渡す。

ka.n.kya.ku.o./mi.wa.ta.su.

放眼望向觀眾。

親友
好朋友
shi.n.yu.u.

例　句

☞ 彼女は私の親友です。

ka.no.jo.wa./wa.ta.shi.no./shi.n.yu.u.de.su.

她是我的好朋友。

楽しい
開心、快樂
ta.no.shi.i.

例 句

☞ 今日^{きょう}は楽^{たの}しかったです。

kyo.u.wa./ta.no.shi.ka.tta.de.su.

今天過得很開心。

☞ 仕事^{しごと}が楽^{たの}しいです。

shi.go.to.ga./ta.no.shi.i.de.su.

工作很開心。

時^{とき}
時間
to.ki.

例 句

☞ 時^{とき}が流^{なが}れる。

to.ki.ga./na.ga.re.ru.

時間流逝。

色^{いろ}
顏色
i.ro.

例 句

☞ 色^{いろ}があせる。

i.ro.ga./a.se.ru.

褪色。

• track 053

遠^{とお}い
遙遠
to.o.i.

例句

☞ コンビニは私^{わたし}の家^{いえ}から遠^{とお}いです。

ko.n.bi.ni.wa./wa.ta.shi.no.i.e.ka.ra./to.o.i.de.su.

便利商店離我家很遠。

少^{すこ}し
有點兒、一點點
su.ko.shi.

例句

☞ すこしずつ進^{すす}む。

su.ko.shi.zu.tsu./su.su.mu.

一點一點地前進。

☞ 彼^{かれ}は考^{かんが}え方^{かた}が少^{すこ}し変^{へん}です。

ka.re.wa./ka.n.ga.e.ka.ta.ga./su.ko.shi./he.n.de.su.

他的想法稍微有點奇怪。

何気^{なにげ}ない
不形於色、無意
na.ni.ge.na.i.

例 句

☞ 何気ないふうを装う。

na.ni.ge.na.i.fu.u.o./yo.so.o.u.

假裝沒事。

今朝
今早
ke.sa.

例 句

☞ 今朝雪が降った。

ke.sa./yu.ki.ga./fu.tta.

今早下雪了。

混ぜる
混合
ma.ze.ru.

例 句

☞ 小麦粉と塩を混ぜる。

ko.mu.gi.ko.to./shi.o.o./ma.ze.ru.

把麵粉和鹽混合在一起。

（混ぜる＝交ぜる）

● track 054

力走する
りきそう

拚命前進

ri.ki.so.u.su.ru.

例 句

☞ 自転車で力走する。
じてんしゃ　りきそう

ji.te.n.sha.de./ri.ki.so.u.su.ru.

騎著腳踏車拚命前進。

名作
めいさく

名作

me.i.sa.ku.

例 句

☞ この映画は名作です。
えいが　めいさく

ko.no.e.i.ga.wa./me.i.sa.ku.de.su.

這部電影是名作。

読む
よ

讀

yo.mu.

例 句

☞ 小説を読む。
しょうせつ　よ

sho.u.se.tsu.o./yo.mu.

看小說。

名声
名聲
me.i.se.i.

例 句

☞ 名声を博する。

me.i.se.i.o./ha.ku.su.ru.

搏取名聲。

太い
粗的、胖的
fu.to.i.

例 句

☞ 首が太いです。

ku.bi.ga./fu.to.i.de.su.

脖子很粗。

細い
細的、瘦的、小的
ho.so.i.

例 句

☞ このパイプは細いです。

ko.no.pa.i.pu.wa./ho.so.i.de.su.

這根管子很細。

☞ 食が細いです。

sho.ku.ga./ho.so.i.de.su.

食量很小。

分かれる
分開
wa.ka.re.ru.

例　句

☞ 意見が分かれる。

i.ke.n.ga./wa.ka.re.ru.

意見分歧。

気分
心情、氣氛、身體狀況
ki.bu.n.

例　句

☞ 憂鬱な気分。

yu.u.u.tsu.na./ki.bu.n.

心情憂鬱。

☞ 気分が悪い。

ki.bu.n.ga./wa.ru.i.

身體不舒服。

新<ruby>た<rt>あら</rt></ruby>
あら
新た
新的
a.ra.ta.

例 句

☞ 新たな局面を迎える。

a.ra.ta.na./kyo.ku.me.no./mu.ka.e.ru.

迎接新局面。

なお
直す
改正、修改
na.o.su.

例 句

☞ 欠点を直す。

ke.tte.n.o./na.o.su.

改正缺點。

おそ
教わる
學習
o.so.wa.ru.

例 句

☞ 囲碁は田中先生に教わった。

i.go.wa./ta.na.ka.se.n.se.i.ni./o.so.wa.tta.

圍棋是向田中老師學的。

三年級

お化け

鬼魂

o.ba.ke.

例 句

☞ お化けが出る。

o.ba.ke.ga./de.ru.

鬼出沒。/有鬼。

悪い

不好

wa.ru.i.

例 句

☞ 眼が悪いです。

me.ga./wa.ru.i.de.su.

眼睛不好。

☞ 体に悪いです。

ka.ra.da.ni./wa.ru.i.de.su.

對身體不好。

乗客

乘客

jo.u.kya.ku.

例 句

☞ その飛行機の乗客は100人だった。

so.no.hi.ko.u.ki.no./jo.u.kya.ku.wa./hya.ku.ni.n.da.tta.

那架飛機載了100名乘客。

安全
あんぜん

安全

a.n.ze.n.

例 句

☞ 安全な場所。

a.n.ze.n.na./ba.sho.

安全的地方。

☞ 歩行者の安全を第一にすべきである。

ho.ko.u.sha.no./a.n.ze.n.o./da.i.i.chi.ni./su.be.ki.de.a.
ru.

應以行人的安全為第一。

場所
ばしょ

地點、場所

ba.sho.

例 句

☞ 約束の場所。

ya.ku.so.ku.no./ba.sho.

約定的地點。

部屋
へや

房間

he.ya.

例 句

☞ 部屋が汚いです。
へや きたな

he.ya.ga./ki.ta.na.i.de.su.

房間很髒。

暗い
くら

暗

ku.ra.i.

例 句

☞ 部屋が暗いです。
へや くら

he.ya.ga./ku.ra.i.de.su.

房間很暗。

歯医者
は いしゃ

牙醫

ha.i.sha.

例 句

☞ 歯医者にかかる。
は いしゃ

ha.i.sha.ni./ka.ka.ru.

去看牙醫。

通（かよ）う
經常去、去
ka.yo.u.

例 句

☞ 塾（じゅく）に通（かよ）う。

ju.ku.ni./ka.yo.u.

去上補習班。

意見（いけん）
意見
i.ke.n.

例 句

☞ 皆（みな）の意見（いけん）を聞（き）く。

mi.na.no.i.ke.n.o./ki.ku.

聽取大家的意見。

言（い）う
說
i.u.

例 句

☞ 意見（いけん）を言（い）う。

i.ke.n.o./i.u.

說出意見。

集合する
しゅうごう

集合

shu.u.go.u.su.ru.

例 句

☞ 七時に集合する。
しち じ　　しゅうごう

shi.chi.ji.ni./shu.u.go.u.su.ru.

七點集合。

病院
びょういん

醫院

byo.u.i.n.

例 句

☞ 病院へ見舞いに行く。
びょういん　　み ま　　　い

byo.u.i.n.e./mi.ma.i.ni./i.ku.

到醫院探病。

運ぶ
はこ

運送

ha.ko.bu.

例 句

☞ トラックで荷物を運ぶ。
に もつ　　はこ

to.ra.kku.de./ni.mo.tsu.o./ha.ko.bu.

用貨車運送行李。

飲む
の

喝

no.mu.

例 句

☞ 紅茶を飲む。
こうちゃ の

ko.u.cha.o./no.mu.

喝紅茶

水泳
すいえい

游泳

su.i.e.i.

例 句

☞ 水泳を教わる。
すいえい おそ

su.i.e.i.o./o.so.wa.ru.

學游泳。

送る
おく

送、運送

o.ku.ru.

例 句

☞ 商品を送る。
しょうひん おく

sho.u.hi.n.o./o.ku.ru.

送出商品。

広場
ひろば
廣場
hi.ro.ba.

例 句

☞ 広場でサッカーをする。

hi.ro.ba.de./sa.kka.a.o./su.ru.

在廣場踢足球。

終着駅
しゅうちゃくえき
終點站
shu.u.cha.ku.e.ki.

例 句

☞ バスの終着駅。

ba.su.no./shu.u.cha.ku.e.ki.

公車的終點站。

待ち合わせる
ま　　あ
等候、碰面
ma.chi.a.wa.se.ru.

例 句

☞ 駅前で待ち合わせる。

e.ki.ma.e.de./ma.ch.a.wa.se.ru.

約在車站前碰面。

道路
どう ろ

道路

do.u.ro.

例 句

☞ 道路を開く。
どう ろ　 ひら

do.u.ro.o./hi.ra.ku.

開闢道路。

横切る
よこ ぎ

橫過

yo.ko.gi.ru.

例 句

☞ 道路を横切る。
どう ろ　よ こ ぎ

do.u.ro.o./yo.ko.gi.ru.

穿越道路。

温度
おん ど

溫度

o.n.do.

例 句

☞ 温度が上がる。
おん ど　 あ

o.n.do.ga./a.ga.ru.

溫度上升。

荷物
にもつ

行李
ni.mo.tsu.

例 句

☞ 荷物を持つ。
にもつ　も

ni.mo.tsu.o./mo.tsu.

拿行李。

旅館
りょかん

旅館
ryo.ka.n.

例 句

☞ 旅館に泊まる。
りょかん　と

ryo.ka.n.ni./to.ma.ru.

住在旅館。

早朝
そうちょう

早晨、清晨
so.u.cho.u.

例 句

☞ 早朝出勤する。
そうちょうしゅっきん

so.u.cho.u.shu.kki.n.su.ru.

清晨去上班。

作業
さぎょう

工作

sa.gyo.u.

例 句

☞ 徹夜で作業する。
てつや さぎょう

te.tsu.ya.de./sa.gyo.u.su.ru.

熬夜工作。

開始する
かいし

開始

ka.i.shi.su.ru.

例 句

☞ 本屋の営業を開始する。
ほんや えいぎょう かいし

ho.n.ya.no./e.i.gyo.u.o./ka.i.shi.su.ru.

開始經營書店。

注意する
ちゅうい

注意、警告

chu.u.i.su.ru.

例 句

☞ 健康に注意する。
けんこう ちゅうい

ke.n.ko.u.ni./chu.u.i.su.ru.

注意健康。

☞ 先生に注意された。

se.n.se.i.ni./chu.u.i./sa.re.ta.

被老師警告了。

階段
かいだん

樓梯

ka.i.da.n.

例 句

☞ 階段から落ちる。

ka.i.da.n.ka.ra./o.chi.ru.

從樓梯上跌下來。

起こす
お

扶起、喚起、叫醒、發生

o.ko.su.

例 句

☞ 転んだ人を起こす。

ko.ro.n.da.hi.to.o./o.ko.su.

扶起跌倒的人。

☞ 子供を起こす。

ko.do.mo.o./o.ko.su.

叫醒小孩。

☞ 問題を起こす。

mo.n.da.i.o./o.ko.su.

惹出問題。

寒い
冷
sa.mu.i.

例句

☞ 今日は寒いです。

kyo.u.wa./sa.mu.i.de.su.

今天很冷。

暑い
熱
a.tsu.i.

例句

☞ 今日は蒸し暑いです。

kyo.u.wa./mu.shi.a.tsu.i.de.su.

今天很悶熱。

守る
守護、遵守
ma.mo.ru.

例句

☞ 家庭を守る。

ka.te.i.o./ma.mo.ru.

守護家庭。

☞ 法律を守る。

ho.u.ri.tsu.o./ma.mo.ru.

遵守法律。

感心する
かんしん

欽佩、佩服

ka.n.shi.n.su.ru.

例 句

☞ 彼の努力に感心する。

ka.re.no.do.ryo.ku.ni./ka.n.shi.n.su.ru.

佩服他的努力。

走る
はし

跑

ha.shi.ru.

例 句

☞ 全力で走る。

ze.n.ryo.ku.de./ha.shi.ru.

盡全力跑。

漢字
かんじ

漢字

ka.n.ji.

• track 062-063

例 句

☞ 漢字を学ぶ。

ka.n.ji.o./ma.na.bu.

學習漢字。

発表
はっぴょう

發表、宣布

ha.ppyo.u.

例 句

☞ 論文を発表する。

ro.n.bu.n.o./ha.ppyo.u.su.ru.

發表論文。

商店街
しょうてんがい

商店街

sho.u.te.n.ga.i.

例 句

☞ 駅前に商店街がある。

e.ki.ma.e.ni./sho.u.te.n.ga.i.ga./a.ru.

車站前面有商店街。

家族
かぞく

家人、家庭

ka.zo.ku.

例 句

☞ 家族が多いです。

ka.zo.ku.ga./o.o.i.de.su.

家人很多。

てんこう
転校
轉學
te.n.ko.u.

例 句

☞ 彼は二度転校した。

ka.re.wa./ni.do.te.n.ko.u.shi.ta.

他曾轉學兩次。

はし
橋
橋
ha.shi.

例 句

☞ 橋を渡る。

ha.shi.o./wa.ta.shi.

過橋。

しんじつ
真実
事實
shi.n.ji.tsu.

• track 063-064

例 句

☞ 真実を言う。

shi.n.ji.tsu.o./i.u.

說出事實。

曲げる
彎曲、傾斜、扭曲
ma.ge.ru.

例 句

☞ 事実を曲げる。

ji.ji.tsu.o./ma.ge.ru.

扭曲事實。

☞ ペンチで鉄棒を曲げる。

pe.n.chi.de./te.tsu.bo.u.o./ma.ge.ru.

用扳手彎曲鐵棒。

取材
採訪
shu.za.i.

例 句

☞ 彼は現地で取材に当たる。

ka.re.wa./ge.n.chi.de./shu.za.i.ni./a.ta.ru.

他到當地進行採訪。

区役所
區公所
ku.ya.ku.sho.

例 句

☞ 区役所へ行く。

ku.ya.ku.sho.e./i.ku.

去區公所。

書く
寫
ka.ku.

例 句

☞ 小説を書く。

sho.u.se.tsu.o./ka.ku.

寫小說。

近寄る
靠近
chi.ka.yo.ru.

例 句

☞ 火に近寄るな。

hi.ni./chi.ka.yo.ru.na.

別靠近火。

指名する
しめい

指定

shi.me.i.su.ru.

例 句

☞ 回答者を指名する。
かいとうしゃ しめい

ka.i.to.u.sha.o./shi.me.i.su.ru.

指定回答者。

気軽
きがる

輕鬆愉快

ki.ga.ru.

例 句

☞ 気軽に引き受ける。
きがる ひ う

ki.ga.ru.ni./hi.ki.u.ke.ru.

很樂意地接受。

声
こえ

聲音

ko.e.

例 句

☞ 大きい声を出す。
おお こえ だ

o.o.ki.i.ko.e.o./da.su.

發出很大的聲音。

鼻血
はなぢ

鼻血

ha.na.ji.

例句

☞ 鼻血が出る。
はなぢ　で

ha.na.ji.ga./de.ru.

流鼻血。

整理する
せいり

整理

se.i.ri.su.ru.

例句

☞ 資料を整理する。
しりょう　　　　せいり

shi.ryo.u.o./se.i.ri.su.ru.

整理資料。

勉強する
べんきょう

學習、用功

be.n.kyo.u.su.ru.

例句

☞ 日本語を勉強する。
にほんご　　　べんきょう

ni.ho.n.go.o./be.n.kyo.u.su.ru.

學習日語。

向<ruby>む</ruby>ける
向、朝
mu.ke.ru.

例 句

☞ 窓の方に顔を向ける。

ma.do.no.ho.u.ni./ka.o.o./mu.ke.ru.

臉向著窗戶的方向。

幸福<ruby>こうふく</ruby>
幸福
ko.u.fu.ku.

例 句

☞ 幸福に暮らす。

ko.u.fu.ku.ni./ku.ra.su.

幸福地過生活。

人生<ruby>じんせい</ruby>
人生
ji.n.se.i.

例 句

☞ 人生を楽しむ。

ji.n.se.i.o./ta.no.shi.mu.

享受人生。

空港（くうこう）

機場

ku.u.ko.u.

例 句

☞ 空港（くうこう）に着陸（ちゃくりく）する。

ku.u.ko.u.ni./cha.ku.ri.ku.su.ru.

在機場降落。

受（う）け取（と）る

接收、領

u.ke.to.ru.

例 句

☞ 荷物（にもつ）を受（う）け取（と）る。

ni.mo.tsu.o./u.ke.to.ru.

領行李。

植（う）える

種植

u.e.ru.

例 句

☞ 木（き）を植（う）える。

ki.o./u.e.ru.

種樹。

落とす
使落下、遺失
o.to.su.

例 句

☞ 爆弾が落とす。

ba.ku.da.n.ga./o.to.su.

丟下炸彈。

皿
盤子
sa.ra.

例 句

☞ 皿を洗う。

sa.ra.o./a.ra.u.

洗盤子。(泛指洗碗盤)

終える
完成
o.e.ru.

例 句

☞ 仕事が終える。

shi.go.to.ga./o.e.ru.

完成工作。

深夜
しんや

深夜

shi.n.ya.

例 句

☞ 深夜まで勉強する。
しんや　　　　　　べんきょう

shi.n.ya.ma.de./be.n.kyo.u.su.ru.

用功到深夜。

悲しむ
かな

悲痛、悲哀

ka.na.shi.mu.

例 句

☞ 別れを悲しむ。
わか　　　　かな

wa.ka.re.o./ka.na.shi.mu.

為離別而悲傷。

使い道
つか　みち

用法、用途

tsu.ka.i.mi.chi.

例 句

☞ 賞金の使い道を考える。
しょうきん　　つか　みち　　かんが

sho.u.ki.n.no./tsu.ka.i.mi.chi.o./ka.n.ga.e.ru.

思考獎金的用法。

次第
しだい

次序、情況、原因

shi.da.i.

例 句

☞ 事の次第を話す。
　こと　しだい　はな

ko.to.no.shi.da.i.o./ha.na.su.

說出事情的經過。

☞ 成功するかどうかはあなたの努力次第だ。
　せいこう　　　　　　　　　　　どりょくしだい

se.i.ko.u.su.ru.ka.do.u.ka.wa./a.na.ta.no.do.ryo.ku./shi.

da.i.da.

能不能成功都取決於你的努力。

登校する
とうこう

上學

to.u.ko.u.su.ru.

例 句

☞ 集団で登校する。
　しゅうだん　とうこう

shu.u.da.n.de./do.u.ko.u.su.ru.

一起上學。

写真
しゃしん

照片

sha.shi.n.

例 句

☞ 写真を撮る。

sha.shi.n.o./to.ru.

拍照。

撮る
拍攝
to.ru.

例 句

☞ 映画を撮る。

e.i.ga.o./to.ru.

拍電影

主人公
主角
shu.ji.n.ko.u.

例 句

☞ 悲劇の主人公。

hi.ge.ki.no./shu.ji.n.ko.u.

悲劇的主角。

酒屋
賣酒的商店
sa.ka.ya.

例 句

☞ 酒屋で働く。

sa.ka.ya.de./ha.ta.ra.ku.

在賣酒的商店工作。

ちゅうもん
注文する
訂購、點菜
chu.u.mo.n.su.ru.

例 句

☞ 料理を注文する。

ryo.u.ri.o./chu.u.mo.n.su.ru.

點菜。

さけ
お酒
酒
o.sa.ke.

例 句

☞ お酒を呑む。

o.sa.ke.o./no.mu.

喝酒。

ひろ
拾う
撿、攔
hi.ro.u.

例 句

☞ 道で財布を拾う。

mi.chi.de./sa.i.fu.o./hi.ro.u.

在路上撿到錢包。

☞ タクシーを拾う。

ta.ku.shi.i.o./hi.ro.u.

攔計程車。

じゅうだい
重大
重大
ju.u.da.i.

例 句

☞ 重大な声明を発表する。

ju.u.da.i.na./se.i.me.i.o./ha.ppyo.u.su.ru.

發表重大的聲明。

や　ね
屋根
屋頂
ya.ne.

例 句

☞ 屋根から転落する。

ya.ne.ka.ra./te.n.ra.ku.su.ru.

從屋頂掉下來。

雨宿り
あまやど

避雨

a.ma.ya.do.ri.

例句

☞ 木の下で雨宿りする。
き した あまやど

ki.no.shi.ta.de./a.ma.ya.do.ri.su.ru.

在樹下避雨。

助ける
たす

幫助

ta.su.ke.ru.

例句

☞ 助けて下さい。
たす く だ

ta.su.ke.te./ku.da.sa.i.

請幫幫我。

薬
くすり

藥

ku.su.ri.

例句

☞ 薬を飲む。
くすり の

ku.su.ri.o./no.mu.

吃藥。

消化
しょうか
消化

sho.u.ka.

例句

☞ 消化を助ける。
しょうか たす

sho.u.ka.o./ta.su.ke.ru.

幫助消化。

☞ 予算を消化する。
よさん しょうか

yo.sa.n.o./sho.u.ka.su.ru.

消化預算。

負ける
ま
輸

ma.ke.ru.

例句

☞ 試合に負ける。
しあい ま

shi.a.i.ni./ma.ke.ru.

輸了比賽。

☞ 誰にも負けない。
だれ ま

da.re.ni.mo./ma.ke.na.i.

不輸給任何人。

• track 071

勝つ
勝利、贏
ka.tsu.

例 句

☞ 敵に勝つ。

te.ki.ni./ka.tsu.

戰勝敵人。

☞ 困難に勝つ。

ko.n.na.n.ni./ka.tsu.

戰勝困難。

文章
文章
bu.n.sho.u.

例 句

☞ 文章を読む。

bu.n.sho.u.o./yo.mu.

讀文章。

申し分ない
無可挑剔
mo.u.shi.bu.n.na.i.

例 句

☞ ピクニックには申し分ない日です。

pi.ku.ni.kku.ni.wa./mo.u.shi.bu.n.na.i.hi.de.su.

無可挑剔適合野餐的日子。

昔話
むかしばなし

過去的事、傳說

mu.ka.shi.ba.na.shi.

例 句

☞ 昔話をする。

mu.ka.shi.ba.na.shi.o./su.ru.

說過去的事。

☞ 昔話になった。

mu.ka.shi.ba.na.shi.ni./na.tta.

成為傳說。

相談
そうだん

商量、請教

so.u.da.n.

例 句

☞ 家族と相談する。

ka.zo.ku.to./so.u.da.n.su.ru.

和家人商量。

☞ 先生に相談する。

se.n.se.i.ni./so.u.da.n.su.ru.

向老師請教意見。

投げる
丟
na.ge.ru.

例 句

☞ 石を投げる。

i.shi.o./na.ge.ru.

丟石頭。

対決する
對決
ta.i.ke.tsu.su.ru.

例 句

☞ 選挙で彼と対決する。

se.n.kyo.de./ka.re.to./ta.i.ke.tsu.su.ru.

在選舉和他對決。

幸い
幸福、有利、幸虧
sa.i.wa.i.

例 句

☞ お役に立てば幸いです。

o.ya.ku.ni.ta.te.ba./sa.i.wa.i.de.su.

如果能幫上忙就好了。

こうたい
交代する
交替
ko.u.ta.i.su.ru.

例 句

☞ 当番を交代する。

to.u.ba.n.o./ko.u.ta.i.su.ru.

換班。

すみび
炭火
炭火
su.mi.bi.

例 句

☞ 炭火を起こす。

su.mi.bi.o./o.ko.su.

升炭火。

ちょうしょ
長所
優點
cho.u.sho.

例 句

☞ <ruby>長所<rt>ちょうしょ</rt></ruby>を<ruby>生<rt>い</rt></ruby>かす。

sho.u.sho.o./i.ka.su.

善用優點。

<ruby>短所<rt>たんしょ</rt></ruby>

缺點

ta.n.sho.

例 句

☞ それには<ruby>長所<rt>ちょうしょ</rt></ruby>も<ruby>短所<rt>たんしょ</rt></ruby>もある。

so.re.ni.wa./cho.u.sho.mo./ta.n.sho.mo.a.ru.

那有優點也有缺點。

<ruby>大黒柱<rt>だいこくばしら</rt></ruby>

支柱

da.i.ko.ku.ba.shi.ra.

例 句

☞ <ruby>彼<rt>かれ</rt></ruby>はこのチームの<ruby>大黒柱<rt>だいこくばしら</rt></ruby>です。

ka.re.wa./ko.no.chi.i.mu.no./da.i.ko.ku.ba.shi.ra.de.su.

他是隊上的支柱。

<ruby>宿題<rt>しゅくだい</rt></ruby>

功課

shu.ku.da.i.

例 句

☞ 宿題をやる。

shu.ku.da.i.o./ya.ru.

寫功課。

追加する
追加
tsu.i.ka.su.ru.

例 句

☞ 注文を追加する。

chu.u.mo.n.o./tsu.i.ka.su.ru.

追加訂購。

定める
決定、制訂、安頓
sa.da.me.ru.

例 句

☞ 目標を定める。

mo.ku.hyo.u.o./sa.da.me.ru.

訂下目標。

☞ 法律を定める。

ho.u.ri.tsu.o./sa.da.me.ru.

制訂法律。

☞ 東京に居を定める。

to.u.kyo.u.ni./kyo.o./sa.da.me.ru.

在東京安頓下來。

都合
つごう

理由、情況、方便

tsu.go.u.

例 句

☞ 都合が悪い。

tsu.go.u.ga./wa.ru.i.

不方便。

料理
りょうり

菜、烹飪

ryo.u.ri.

例 句

☞ 料理が得意です。

ryo.u.ri.ga./to.ku.i.de.su.

擅長烹飪。

島国
しまぐに

島國

shi.ma.gu.ni.

例 句

☞ 台湾は島国です。

ta.i.wa.n.wa./shi.ma.gu.ni.de.su.

台灣是島國。

湯気
ゆ げ

蒸氣、熱氣

yu.ge.

例 句

☞ スープから湯気が立っている。

su.u.pu.ka.ra./yu.ge.ga./ta.tte.i.ru.

湯冒著熱氣。

平等
びょうどう

平等

byo.u.do.u.

例 句

☞ 利益を平等に分配する。

ri.e.ki.o./byo.u.do.u.ni./bu.n.pa.i.su.ru.

平均分配利益。

童話
どう わ

童話

do.u.wa.

例 句

☞ 童話を作る。
どうわ つく

do.u.wa.o./tsu.ku.ru.

編寫童話。

波風
なみかぜ

風浪、糾紛

na.mi.ka.ze.

例 句

☞ 海は波風が荒い。
うみ なみかぜ あら

u.mi.wa./na.mi.ka.ze.ga./a.ra.i.

海上風浪很大。

☞ 波風が立つ。
なみかぜ た

na.mi.ka.ze.ga./ta.tsu.

引發糾紛。

進める
すす

使前進、進行、促進

su.su.me.ru.

例 句

☞ 馬を進める。
うま すす

u.ma.o./su.su.me.ru.

策馬前進。

☞ 交渉を進める。

ko.u.sho.u.o./su.su.me.ru.

進行交渉。

農作物
農作物

no.u.sa.ku.mo.tsu.

例句

☞ 農作物の出来がいい。

no.u.sa.ku.mo.tsu.no./de.ki.ga./i.i.

農作物的收成很好。

具合
情況、狀態、健康情況

gu.a.i.

例句

☞ 体の具合がよい。

ka.ra.da.no./gu.a.i.ga./yo.i.

身體的狀態很好。

☞ 仕事の具合はどうですか。

shi.go.to.no./gu.a.i.wa./do.u.de.su.ka.

工作的情況如何？

しんぱい
心配する
擔心
shi.n.pa.i.su.ru.

例 句

☞ 将来を心配する。

sho.u.ra.i.o./shi.n.pa.i.su.ru.

為將來擔心。

よそう
予想する
預測
yo.so.u.su.ru.

例 句

☞ 優勝チームを予想する。

yu.u.sho.u.chi.i.mu.o./yo.so.u.su.ru.

預測獲勝隊伍。

ふでばこ
筆箱
鉛筆盒
fu.de.ba.ko.

例 句

☞ 鉛筆を筆箱に入れる。

e.n.pi.tsu.o./fu.de.ba.ko.ni./i.re.ru.

把鉛筆放入鉛筆盒。

取り出す
拿出來
to.ri.da.su.

例句

☞ かばんから財布を取り出す。

ka.ba.n.ka.ra./sa.i.fu.o./to.ri.da.su.

從包包把錢包拿出來。

畑
田地、專業領域
ha.ta.ke.

例句

☞ 畑を耕す。

ha.ta.ke.o./ta.ga.ya.su.

耕田。

育つ
發育、成長
so.da.tsu.

例句

☞ 後継者が育つ。

ko.u.ke.i.sha.ga./so.da.tsu.

繼承者茁壯成長。

反り返る
<ruby>反<rt>そ</rt></ruby>り<ruby>返<rt>かえ</rt></ruby>る

向後彎曲

so.ri.ka.e.ru.

例 句

☞ <ruby>熱<rt>ねつ</rt></ruby>で<ruby>板<rt>いた</rt></ruby>が<ruby>反<rt>そ</rt></ruby>り<ruby>返<rt>かえ</rt></ruby>ってしまった。

ne.tsu.de./i.ta.ga./so.ri.ka.e.tte./shi.ma.tta.

板子因熱而向後彎曲。

毛皮
<ruby>毛皮<rt>けがわ</rt></ruby>

皮草

ke.ga.wa.

例 句

☞ <ruby>毛皮<rt>けがわ</rt></ruby>で<ruby>作<rt>つく</rt></ruby>った<ruby>服<rt>ふく</rt></ruby>。

ke.ga.wa.de./tsu.ku.tta./fu.ku.

用皮草做的衣服。

品切れ
<ruby>品切<rt>しなぎ</rt></ruby>れ

缺貨

shi.na.gi.re.

例 句

☞ <ruby>砂糖<rt>さとう</rt></ruby>は<ruby>品切<rt>しなぎ</rt></ruby>れです。

sa.to.u.wa./shi.na.gi.re.de.su.

砂糖缺貨。

感動する
かんどう

感動

ka.n.do.u.su.ru.

例句

☞ この曲に感動する。
きょく　　かんどう

ko.no.kyo.ku.ni./ka.n.do.u.su.ru.

被這首曲子感動。

打ち上げる
う　　あ

發射、結束

u.chi.a.ge.ru.

例句

☞ 花火を打ち上げる。
はなび　　う　あ

ha.na.bi.o./u.chi.a.ge.ru.

發射煙火。

☞ 公演を打ち上げた。
こうえん　　う　あ

ko.u.e.n.o./u.chi.a.ge.ta.

公演結束。

始まる
はじ

開始

ha.ji.ma.ru.

• track 077-078

例句

☞ 授業は九時から始まる。

ju.gyo.u.wa./ku.ji.ka.ra./ha.ji.ma.ru.

九點開始上課。

かさ ぎ
重ね着
重疊地穿
ka.sa.ne.gi.

例句

☞ 服を重ね着する。

fu.ku.o./ka.sa.ne.gi.su.ru.

穿了好幾件衣服。

すいへいせん
水平線
水平線
su.i.he.i.se.n.

例句

☞ 月が水平線上に出る。

tsu.ki.ga./su.i.he.n.se.n.jo.u.ni./de.ru.

月亮從水平面升起。

あくい
悪意
惡意
a.ku.i.

例句

☞ 悪意を抱く。

a.ku.i.o./i.da.ku.

懷有惡意。

☞ 悪意に解釈する。

a.ku.i.ni./ka.i.sha.ku.su.ru.

惡意曲解。

しょうぶ
勝負
勝敗
sho.u.bu.

例句

☞ 実力で勝負する。

ji.tsu.ryo.ku.de./sho.u.bu.su.ru.

用實力決勝負。

☞ 勝負を争う。

sho.u.bu.o./a.ra.so.u.

爭勝敗。

おうちゃく
横着
偷懶
o.u.cha.ku.

• track 078-079

例 句

☞ 横着をするな。

o.u.cha.ku.o./su.ru.na.

別偷懶。

遊ぶ
玩
a.so.bu.

例 句

☞ 公園で遊ぶ。

ko.u.e.n.de./a.so.bu.

在公園玩。

温かい
溫暖、溫熱
a.ta.ta.ka.i.

例 句

☞ 温かい料理。

a.ta.ta.ka.i.ryo.u.ri.

溫熱的料理。

岸
岸
ki.shi.

例 句

☞ 船が漂って岸に近づいた。

fu.ne.ga./ta.ta.yo.tte./ki.ni.ni./chi.ka.zu.i.ta.

船漂向岸邊。

寒風
寒風
ka.n.pu.u.

例 句

☞ 寒風が吹きすさぶ。

ka.n.pu.u.go./fu.ki.su.sa.bu.

刮著寒風。

悪化する
惡化
a.kka.su.ru.

例 句

☞ 病状が悪化する。

byo.u.jo.u.ga./a.kka.su.ru.

病情惡化。

行事
活動、儀式
gyo.u.ji.

例 句

☞ 行事を行う。

gyo.u.ji.o./o.ko.na.u.

舉辦活動。

☞ 春の主な行事。

ha.ru.no./o.mo.na./gyo.u.ji.

春天的主要活動。

去る
離去、經過、消失
sa.ru.

例 句

☞ 舞台を去る。

bu.ta.i.o./sa.ru.

離開舞台。

追う
追
o.u.

例 句

☞ 猫がねずみを追う。

ne.ko.ga./ne.zu.mi.o./o.u.

貓追老鼠。

転がす
使滚動、使翻倒、駕駛
ko.ro.ga.su.

例 句

☞ 石を転がす。

i.shi.o./ko.ro.ga.su.

滾動石頭。

☞ 車を転がす。

ku.ru.ma.o./ko.ro.ga.su.

駕駛汽車。

苦い
苦
ni.ga.i.

例 句

☞ このコーヒーは苦いです。

ko.no.ko.o.hi.i.wa./ni.ga.i.de.su.

這杯咖啡很苦。

関係
關係
ka.n.ke.i.

例 句

☞ 関係を改善する。

ka.n.ke.i.o./ka.i.ze.n.su.ru.

改善關係。

けいしょく
軽食

軽食

ke.i.sho.ku.

例 句

☞ 仕事の合間に軽食を取る。

shi.go.to.no./a.i.ma.ni./ke.i.sho.ku.o./to.ru.

在工作的空檔吃點輕食。

ひ ど
日取り

日期、日程

hi.do.ri.

例 句

☞ 旅行の日取りを決める。

決定旅行的日程。

まつ
祭り

祭典

ma.tsu.ri.

例 句

☞ 祭りに参加する。
まつ　　さんか

ma.tsu.ri.ni./sa.n.ka.su.ru.

参加祭典。

港町
みなとまち

海港城市

mi.na.do.ma.chi.

例 句

☞ 高雄は港町です。
たかお　　みなとまち

ta.ka.o.wa./mi.na.to.ma.chi.de.su.

高雄是海港城市。

定休日
ていきゅうび

定期休息日

te.i.kyu.u.bi.

例 句

☞ デパートの定休日。
ていきゅうび

de.pa.a.to.no./te.i.kyu.u.bi.

百貨的休息日。

配る
くば

分配、分發

ku.ba.ru.

例 句

☞ プリントを配る。

pu.ri.n.to.o./ku.ba.ru.

發講義。/發影印的資料。

注ぐ
注入、倒入、貫注
so.so.gu.

例 句

☞ お酒を注ぐ。

o.sa.ke.o./so.so.gu.

倒酒。

☞ 視線を注ぐ。

shi.se.n.o./so.so.gu.

投注視線。

書き写す
抄寫
ka.ki.u.tsu.su.

例 句

☞ 単語をノートに書き写す。

ta.n.go.o./no.o.to.ni./ka.ki.u.tsu.su.

把單字抄到筆記本上。

飲酒運転
いんしゅうんてん

酒駕

i.n.shu.u.n.de.n.

例 句

☞ 飲酒運転を取り締まる。
いんしゅうんてん と し

i.n.shu.u.n.de.n.o./to.ri.shi.ma.ru.

取締酒駕。

見習う
みなら

見習、學習

mi.na.ra.u.

例 句

☞ 仕事を見習う。
しごと みなら

shi.go.to.o./mi.na.ra.u.

學習工作。

住所
じゅうしょ

地址

ju.u.sho.

例 句

☞ 住所を教えてください。
じゅうしょ おし

ju.u.sho.o./o.shi.e.te./ku.da.sa.i.

請告訴我你的地址。

台所
だいどころ

廚房

da.i.do.ko.ro.

例 句

☞ 台所で料理を作る。
だいどころ　りょうり　つく

da.i.do.ko.ro.de./ryo.u.ri.o./tsu.ku.ru.

在廚房煮菜。

立ち消え
た　　ぎ

熄滅、中斷

ta.chi.gi.e.

例 句

☞ 薪が立ち消えする。
たきぎ　　た　ぎ

ta.ki.gi.ga./ta.chi.gi.e.su.ru.

柴火熄滅了。

☞ 新しい企画が立ち消えになる。
あたら　　きかく　　　た　ぎ

a.ta.ra.shi.i.ki.ka.ku.ga./ta.chi.gi.e.ni.na.ru.

新企畫中止。

植物
しょくぶつ

植物

sho.ku.bu.tsu.

例 句

☞ 植物に水をやる。

sho.ku.bu.tsu.ni./mi.zu.o./ya.ru.

幫植物澆水。

動物
どうぶつ

動物

do.u.bu.tsu.

例 句

☞ 動物が好きです。

do.u.bu.tsu.ga./su.ki.de.su.

喜歡動物。

身長
しんちょう

身高

shi.n.cho.u.

例 句

☞ 身長が伸びる。

shi.n.cho.u.ga./no.bi.ru.

長高。

体重
たいじゅう

體重

ta.i.ju.u.

例 句

☞ 体重が増える。

ta.i.ju.u.ga./fu.e.ru.

體重變重。

整える
ととの

整理、準備好

to.to.no.e.ru.

例 句

☞ 準備を整える。
じゅんび　ととの

ju.n.bi.o./to.to.no.e.ru.

完成準備。

全く
まった

完全

ma.tta.ku.

例 句

☞ 全く覚えていない。
まった　おぼ

ma.tta.ku./o.bo.e.te.i.na.i.

完全不記得。

四年級

挙^あげる
舉起、抬起
a.ge.ru.

例 句

☞ クレーンで荷物^{にもつ}を挙^あげる。

ku.re.e.n.de./ni.mo.tsu.o./a.ge.ru.

用起重機吊起貨品。

☞ 手^てを挙^あげる。

te.o./a.ge.ru.

舉起手。

引^ひき受^うける
接受
hi.ki.u.ke.ru.

例 句

☞ 仕事^{しごと}を引^ひき受^うける。

shi.go.to.o./hi.ki..u.ke.ru.

接受工作。

欠^かかす
缺少
ka.ka.su.

例 句

☞ 毎日欠かさずに運動する。

ma.i.ni.chi.ka.ka.sa.zu.ni./u.n.do.u.su.ru.

毎天都不欠缺的運動。/毎天持續運動。

（欠かさず是欠かす否定形）

☞ 欠かすことのできないデータ。

ka.ka.su.ko.to.no./de.ki.na.i.de.e.ta.

不能缺少的資料。

そつぎょう
卒業する
畢業
so.tsu.gyo.u.su.ru.

例 句

☞ 大学を卒業する。

da.i.ga.ku.o./so.tsu.gyo.u.su.ru.

大學畢業。

い ち
位置
位置
i.chi.

例 句

☞ 位置が良い。

i.chi.ga./yo.i.

位置很好。

• track 086

囲う
かこ

圍起來、儲藏

ka.ko.u.

例 句

☞ 火を手で囲う。
ひ　て　かこ

hi.o./te.de./ka.ko.u.

用手把火圍住。

☞ 野菜を囲う。
やさい　かこ

ya.sa.i.o./ka.ko.u.

儲藏蔬菜。

愛する
あい

愛

a.i.su.ru.

例 句

☞ 家族を愛する。
かぞく　　あい

ka.zo.ku.o./a.i.su.ru.

愛家人。

共通
きょうつう

共通

kyo.u.tsu.u.

例 句

☞ 共通の言葉。

kyo.u.tsu.u.no./ko.to.ba.

共通的話。

世界
せかい

世界、領域

se.ka.i.

例 句

☞ 世界に通用する言葉。

se.ka.i.ni./tsu.u.yo.u.su.ru./ko.to.ba.

世界通用的語言。

☞ 音楽の世界で成功する。

o.n.ga.ku.no./se.ka.i.de./se.i.ko.u.su.ru.

在音樂的領域成功。

栄える
さか

興盛、繁榮

sa.ka.e.ru.

例 句

☞ この町はいよいよ栄えた。

ko.no.ma.ch.wa./i.yo.i.yo./sa.ka.e.ta.

這個城市愈來愈繁榮。

<small>くわ</small>
加える
加上、增加
ku.wa.e.ru.

例 句

☞ 仲間に加える。

na.ka.ma.ni./ku.wa.e.ru.

加入同伴。

<small>おくまんちょうじゃ</small>
億万長者
大富豪
o.ku.ma.n.cho.u.ja.

例 句

☞ 億万長者になる。

o.ku.ma.n.cho.u.ja.ni./na.ru.

成為大富豪。

<small>やくそく</small>
約束
約定
ya.ku.so.ku.

例 句

☞ 約束を守る。

ya.ku.so.ku.o./ma.mo.ru.

遵守約定。

果^はたす
實現、完成
ha.ta.su.

例 句

☞ 責任^{せきにん}を果^はたす。

se.ki.ni.n.o./ha.ta.su.

盡責。

連^つれる
帶著
tsu.re.ru.

例 句

☞ 子^こどもを連^つれて東京^{とうきょう}に行^いった。

ko.do.mo.o./tsu.re.te./to.u.kyo.u.ni./i.tta.

帶著孩子去東京。

芽生^{めば}える
發芽
me.ba.e.ru.

例 句

☞ 草木^{くさき}が芽生^{めば}える。

ku.sa.ki.ga./me.ba.e.ru.

草木發芽。

● track 088

かがみ
鏡
鏡子
ka.ga.mi.

例 句

☞ 彼女の姿が鏡に映る。

ka.no.jo.no./su.ga.ta.ga./ka.ga.mi.ni./u.tsu.ru.

她的模樣映在鏡中。

こうがい
公害
公害
ko.u.ga.i.

例 句

☞ 公害が発生する。

ko.u.ga.i.ga./ha.sse.i.su.ru.

發生公害。

がいとう
街灯
路燈
ga.i.to.u.

例 句

☞ 街灯が倒れる。

ga.i.to.u.ga./ta.o.re.ru.

路燈倒了。

集まる
聚集
a.tsu.ma.ru.

例 句

☞ 人が集まる。

hi.to.ga./a.tsu.ma.ru.

人潮聚集。

覚める
醒來、覺醒
sa.me.ru.

例 句

☞ 目が覚める。

me.ga.sa.me.ru.

醒來。

☞ 夢から覚める。

yu.me.ka.ra./sa.me.ru.

從夢中醒來。

祝う
祝賀
i.wa.u.

● track 088-089

例 句

☞ 誕生日を祝う。

ta.n.jo.u.bi.o./i.wa.u.

祝賀生日。

実験
實驗
ji.kke.n.

例 句

☞ 実験してみる。

ji.kke.n.shi.te.mi.ru.

實驗看看。

☞ この薬はまだ実験段階にある。

ko.no.ku.su.ri.wa./ma.da./ji.kke.n.da.n.ka.i.ni./na.ru.

這個藥品還在實驗階段。

用意
準備
yo.u.i.

例 句

☞ 旅行の用意をする。

ryo.ko.u.no./yo.u.i.o./su.ru.

做旅行的準備。

● 178 ●

願う
ねが

請求、希望、祈求
na.ga.u.

例 句

☞ 返事を願う。
he.n.ji.o./ne.ga.u.

請求回覆。

☞ 幸せを願う。
shi.a.wa.se.o./na.ga.u.

祈求幸福。

希望
きぼう

希望
ki.bo.u.

例 句

☞ 希望を抱く。
ki.bo.u.o/i.da.ku.

懷抱希望。

係
かかり

擔任、負責人
ka.ka.ri.

例 句

☞ 案内の係をする。
あんない *かかり*

a.n.na.i.no./ka.ka.ri.o./su.ru.

擔任介紹者。

だいひょう
代表

代表

da.i.hyo.u.

例 句

☞ 代表に選ばれた。
だいひょう *えら*

da.i.hyo.u.ni./e.ra.ba.re.ta.

被選為代表。

☞ 國家を代表する。
こっか *だいひょう*

ko.kka.o./da.i.hyo.u.su.ru.

代表國家。

よろこ
喜ぶ

高興

yo.ro.ko.bu.

例 句

☞ 彼の成功を喜ぶ。
かれ *せいこう* *よろこ*

ka.re.no.se.i.ko.u.o./yo.ro.ko.bu.

為他的成功而歡喜。

にゅうせん
入選
入選
nyu.u.se.n.

例句
☞ 作品が優勝に入選した。

sa.ku.hi.n.ga./yu.u.sho.u.ni./nyu.u.se.n.shi.ta.

作品為選為優勝。

しゅくじつ
祝日
國定假日
shu.ku.ji.tsu.

例句
☞ 祝日を祝う。

shu.ku.ji.tsu.o./i.wa.u.

慶祝國定假日。

はた
旗
旗
ha.ta.

例句
☞ 旗を振る。

ha.ta.o./fu.ru.

揮舞旗子。

会議
會議
ka.i.gi.

例 句

☞ 会議に出席する。

ka.i.gi.ni./shu.sse.ki.su.ru.

出席會議。

求める
要求、追求
mo.to.me.ru.

例 句

☞ 面会を求める。

me.n.ka.i.o./mo.to.me.ru.

要求會面。

☞ 自由を求める。

ju.yu.u.o./mo.to.me.ru.

追求自由。

問題
問題
mo.n.da.i.

例 句

☞ 問題に答える。

mo.n.da.i.ni./ko.ta.e.ru.

回答問題。

敗れる
撕破、被打敗
ya.bu.re.ru.

例 句

☞ 決勝戦で敗れる。

ke.ssho.u.se.n.de./ya.bu.re.ru.

在決戰中敗北。

泣く
哭泣
na.ku.

例 句

☞ 嬉しくて泣く。

u.re.shi.ku.te./na.ku.

喜極而泣。

救う
拯救
su.ku.u.

• track 091-092

例 句

☞ 命を救う。

i.no.chi.o./su.ku.u.

拯救生命。

給食
きゅうしょく

營養午餐

kyu.u.sho.ku.

例 句

☞ 給食の時間。

kyu.u.sho.ku.no.ji.ka.n.

營養午餐的時間。

好き
す

喜歡

su.ki.

例 句

☞ りんごが好きです。

ri.n.go.ga./su.ki.de.su.

喜歡蘋果。

☞ 好きな色は黄色です。

su.ki.na.i.ro.wa./ki.i.ro.de.su.

喜歡的顏色是黃色。

嫌い
きら

討厭

ki.ra.i.

例 句

☞ 動物が嫌いです。
どうぶつ きら

do.u.bu.tsu.ga./ki.ra.i.de.su.

討厭動物。

☞ 嫌いな食べ物はピーマンです。
きら た もの

ki.ra.i.na./ta.be.mo.no.wa./pi.i.ma.n.de.su.

討厭的食物是青椒。

賛成
さんせい

贊成

sa.n.se.i.

例 句

☞ この意見に賛成する。
いけん さんせい

ko.no.i.ke.n.ni./sa.n.se.i.su.ru.

贊成這個意見。

競争
きょうそう

競爭

kyo.u.so.u.

例句

☞ テレビ業界の競争は非常に厳しい。

te.re.bi.gyo.u.ka.i.no./kyo.u.so.u.wa./hi.jo.u.ni./ki.bi.shi.i.

電視圈的競爭很激烈。

訓練
訓練
ku.n.re.n.

例句

☞ 消防士になる訓練を受ける。

sho.u.bo.u.shi.ni.na.ru./ku.n.re.n.o./u.ke.ru.

接受消防隊員的訓練。

投入する
投入
to.u.nyu.u.su.ru.

例句

☞ 小銭を箱の中に投入する。

ko.ze.ni.o./ha.ko.no.na.ka.ni./to.u.nyu.u.su.ru.

把零錢投入箱子裡。

☞ 兵力を投入する。

he.i.ryo.ku.o./to.u.nyu.u.su.ru.

投入兵力。

協力
きょうりょく

幫助、配合

kyo.u.ryo.ku.

例句

☞ 事業に協力する。
じぎょう きょうりょく

ji.gyo.u.ni./kyo.u.ryo.ku.su.ru.

協助事業。

☞ 協力を求める。
きょうりょく もと

gyo.u.ryo.ku.o./mo.to.me.ru.

要求配合。

必要
ひつよう

必要

hi.tsu.yo.u.

例句

☞ 計画する必要がある。
けいかく ひつよう

ke.i.ka.ku.su.ru./hi.tsu.yo.u.ga.a.ru.

有必要做計畫。

☞ 必要なお金を持つ。
ひつよう かね も

hi.tsu.yo.u.na./o.ka.ne.o./mo.tsu.

帶著必要的錢。

観光
観光
ka.n.ko.u.

例 句

☞ 京都市内を観光する。

kyo.u.to.shi.na.i.o./ka.n.ko.u.su.ru.

在京都市內觀光。

景色
景色
ke.shi.ki.

例 句

☞ 景色を眺める。

ke.shi.ki.o./na.ga.me.ru.

眺望景色。

司会
主持人、司儀
shi.ka.i.

例 句

☞ テレビ番組の司会をする。

te.rebi.ba.n.gu.mi.no./shi.ka.i.o./su.ru.

擔任電視節目的主持人。

着物
きもの
和服
ki.mo.no.

例 句

☞ 着物を着る。
ki.mo.no.o./ki.ru.

穿和服。

結ぶ
むす
打結、諦結、結合
mu.su.bu.

例 句

☞ ロープを結ぶ。
ro.o.pu.o./mu.su.bu.

將繩子打結。

☞ 契約を結ぶ。
ke.i.ya.ku.o./mu.su.bu.

諦結契約。

建てる
た
立、建造
ta.te.ru.

• track 094-095

例 句

☞ 家を建てる。

i.e.o./ta.te.ru.

建造房子。

使用
しょう
使用

shi.yo.u.

例 句

☞ 使用中です。
しょうちゅう

shi.yo.u.chu.u.de.su.

使用中。

☞ 使用禁止。
しょうきんし

shi.yo.u.ki.n.shi.

禁止使用。

決意
けつい
下決心、決意、決心

ke.tsu.i.

例 句

☞ 決意を表明する。
けつい ひょうめい

ke.tsu.i.o./hyo.u.me.i.su.ru.

表明決心。

固める
かた

堅定、使堅固

ka.ta.me.ru.

例句

☞ 決心を固める。

ke.sshi.n.o./ka.ta.me.ru.

堅定決心。

☞ 足で土を固める。

a.shi.de./tsu.chi.o./ka.ta.me.ru.

用腳把泥土踏得結實。

失敗
しっぱい

失敗

shi.ppa.i.

例句

☞ 実験は失敗だった。

ji.kke.n.wa./shi.ppa.i.da.tta.

實驗失敗了。

成功
せいこう

成功

se.i.ko.u.

● track 095-096

例 句

☞ 今回の大会は大成功だった。

ko.n.ka.i.no./ta.i.ka.i.wa./da.i.se.i.ko.u.da.tta.

本次的大會很成功。

☞ 料理研究家として成功した。

ryo.u.ri.ke.n.kyu.u.ka./to.shi.te./se.i.ko.u.shi.ta.

以美食研究家的身分成功。

急速
急速、快速
kyu.u.so.ku.

例 句

☞ 急速に親しくなった。

kyu.u.so.ku.ni./shi.ta.shi.ku.na.tta.

很快速地變得要好。

仲良し
友好、要好
na.ka.yo.shi.

例 句

☞ あの二人は仲良しです。

a.no.fu.ta.ri.wa./na.ka.yo.shi.de.su.

那兩個人感情很好。

刷る
印刷
su.ru.

例句

☞ 初版で 100 万部刷る。

sho.ha.n.de./hya.ku.ma.n.bu./su.ru.

初版印了 100 萬本。

名札
名牌
na.fu.da.

例句

☞ 名札をつける。

na.fu.da.o./tsu.ke.ru.

戴名牌。

告げる
告知
tsu.ge.ru.

例句

☞ 別れを告げる。

wa.ka.re.o./tsu.ge.ru.

告別。

• track 097

鳴る
響
na.ru.

例 句

☞ ベルが鳴る。

be.ru.ga./na.ru.

鈴響。

昨日
昨天
ki.no.u.

例 句

☞ 昨日は寒かったです。

ki.no.u.wa./sa.mu.ka.tta.de.su.

昨天很冷。

産む
生產
u.mu.

例 句

☞ 子どもを産む。

ko.do.mo.o./u.mu.

生孩子。

（産む＝生む）

殺す
殺
ko.ro.su.

例 句

☞ 虫を殺す。

mu.shi.o./ko.ro.su.

殺死蟲。

続ける
繼續
tsu.zu.ke.ru.

例 句

☞ 話を続ける。

ha.na.shi.o./tsu.zu.ke.ru.

繼續話題。

残る
剩下、留下
no.ko.ru.

例 句

☞ 一人で家に残った。

hi.to.ri.de./i.e.ni./no.ko.tta.

一個人留在家裡。

☞ 人が死んでも名が残る。

hi.to.ga.shi.n.de.mo./na.ga.no.ko.ru.

人死留名。

勇ましい
勇敢、振奮人心
i.sa.ma.shi.i.

例　句

☞ 勇ましい行為。

i.sa.ma.shi.i.kko.u.i.

勇敢的行為。

氏名
姓名
shi.me.i.

例　句

☞ 氏名を記入する。

shi.me.o./ki.nyu.u.su.ru.

寫上姓名。

最も
最
mo.tto.mo.

例 句

☞ クラスで最も綺麗な人。

ku.ra.su.de./mo.to.mo./ki.re.i.na.hi.to.

班上最漂亮的人。

調べる
調査
shi.ra.be.ru.

例 句

☞ 事故の原因を調べる。

ji.ko.no./ge.n.i.n.no./shi.ra.be.ru.

調查意外的原因。

発芽する
發芽
ha.tsu.ga.su.ru.

例 句

☞ 種が発芽する。

ta.ne.ga./ha.tsu.ga.su.ru.

種子發芽。

周り
周遭、周圍
ma.wa.ri.

• track　098-099

例句
☞ 周りの人が反対する。

ma.wa.ri.no./hi.to.ga./ha.n.ta.i.su.ru.

周遭的人反對。

☞ 家の周りは静かです。

i.e.no./ma.wa.ri.wa./shi.zu.ka.de.su.

住家的周圍很安靜。

取り囲む
包圍、環繞
to.ri.ka.ko.mu.

例句
☞ 机を取り囲む。

tsu.ku.e.o./to.ri.ka.ko.mu.

圍著桌子。

借りる
借出
ka.ri.ru.

例句
☞ 傘を借りる。

ka.sa.o./ka.ri.ru.

借別人傘。

仕事
しごと

工作

shi.go.to.

例 句

☞ 仕事を探す。
しごと さが

shi.go.to.o./sa.ga.su.

找工作。

笑う
わら

笑

wa.ra.u.

例 句

☞ ゲラゲラ笑う。
わら

ge.ra.ge.ra.wa.ra.u.

哈哈大笑。

対象
たいしょう

對象

ta.i.sho.u.

例 句

☞ 調査の対象。
ちょうさ たいしょう

cho.u.sa.no./ta.i.sho.u.

調查對象。

● track 100

対照的
たいしょうてき

相反的

ta.i.sho.u.te.ki.

例 句

☞ 対照的な二人の性格。
たいしょうてき　ふたり　せいかく

ta.i.sho.u.te.ki.na./fu.ta.ri.no./se.i.ka.ku.

兩人的個性相反。

順番
じゅんばん

順序

ju.n.ba.n.

例 句

☞ 並んで順番を待つ。
なら　　じゅんばん　ま

na.ra.n.de./ju.n.ba.n.o./ma.tsu.

排隊等輪到自己。

焼ける
や

著火、燃燒、烤

ya.ke.ru.

例 句

☞ 火事で家が焼けた。
か　じ　　いえ　　や

ka.ji.de./i.e.ga./ya.ke.ta.

因火災住家全燒。

☞ パンが焼ける。

pa.n.ga./ya.ke.ta

麵包烤好了

待^まつ

等待

ma.tsu.

例 句

☞ 友^{ともだち}達を待^まつ。

to.mo.da.chi.o./ma.tsu.

等朋友。

省^{はぶ}く

節省

ha.bu.ku.

例 句

☞ 時^{じかん}間を省^{はぶ}く。

ji.ka.n.o./ha.bu.ku.

節省時間。

清^{きよ}める

弄乾淨、洗淨、使清白

ki.yo.me.ru.

例句

☞ 罪を清める。

tsu.mi.o./ki.yo.me.ru.

洗脱罪名。

☞ 水で身を清める。

mi.zu.de./mi.o./ki.yo.me.ru.

用水清洗身體。

落ち着く
沉著、冷靜、安定
o.chi.tsu.ku.

例句

☞ 落ち着いて勉強する。

o.chi.tsu.i.te./be.n.kyo.u.su.ru.

安靜下來念書。

☞ 東京に落ち着く。

to.u.kyo.u.ni./o.chi/.tsu.ku.

在東京安定下來。

積もる
積、累積
tsu.mo.ru.

例 句

☞ 雪が積もる。

yu.ki.ga./tsu.mo.ru.

積雪。

☞ 話が積もる。

ha.na.shi.ga./tsu.mo.ru.

積了好多話要說。

争う
爭奪、爭論
a.ra.so.u.

例 句

☞ 黒白を争う。

ku.ro.shi.ro.o./a.ra.so.u.

爭辯黑白。

乗車する
搭車
jo.u.sha.su.ru.

例 句

☞ 新幹線に乗車する。

shi.n.ka.n.se.n.ni./jo.u.sha.su.ru.

搭乘新幹線。

● track 102

通行

つうこう

通行

tsu.u.ko.u.

例 句

☞ 左側を通行してください。

ひだりがわ　つうこう

hi.da.ri.ga.wa.o./tsu.u.ko.u.shi.te./ku.da.sa.i.

請靠左側通行。

世話

せ わ

照顧

se.wa.

例 句

☞ 子どもの世話をする。

こ　　　　　せわ

ko.do.mo.no./se.wa.o./su.ru.

照顧孩子。

練習する

れんしゅう

練習

re.n.shu.u.su.ru.

例 句

☞ ピアノを練習する。

れんしゅう

pi.a.no.o./re.n.shu.u.su.ru.

練習鋼琴。

上達する
じょうたつ

進歩

jo.u.ta.tsu.su.ru.

例 句

☞ 日本語が上達する。
にほんご　じょうたつ

ni.ho.n.go.ga./jo.u.ta.tsu.su.ru.

日語能力進步。

貯金する
ちょきん

存錢

cho.ki.n.su.ru.

例 句

☞ 毎月一万円ずつ貯金する。
まいつきいちまんえん　ちょきん

ma.i.tsu.ki./i.chi.ma.n.e.n./zu.tsu./cho.ki.n.su.ru.

每個月存一萬日圓。

努める
つと

努力、盡力、效勞

tsu.to.me.ru.

例 句

☞ 節約に努める。
せつやく　つと

se.tsu.ya.ku.ni./tsu.to.me.ru.

努力節約。

• track 103

働く
工作
ha.ta.ra.ku.

例 句

☞ 車会社で働く。

ku.ru.ma.ga.i.sha.de./ha.ta.ra.ku.

在汽車公司工作。

特別
特別
to.ku.be.tsu.

例 句

☞ 特別な人。

to.ku.be.tsu.na.hi.to.

特別的人。

信用
信任、信譽
shi.n.yo.u.

例 句

☞ 彼を信用する。

ka.re.o./shi.n.yo.u.su.ru.

相信他。

得る
得到
e.ru.

例 句
☞ 好評を得る。

ko.u.hyo.u.o./e.ru.

獲的好評。

止血する
止血
sh.ke.tsu.su.ru.

例 句
☞ 包帯で止血する。

ho.u.ta.i.de./shi.ke.tsu.su.ru.

用繃帶止血。

底
底
so.ko.

例 句
☞ 心の底から尊敬する。

ko.ko.ro.no./so.ko.ka.ra./so.n.ke.i.su.ru.

打從心底尊敬。

• track 104

選ぶ
えら

選擇

e.ra.bu.

例 句

☞ 言葉を選ぶ。

ko.to.ba.o./e.ra.bu.

選擇話語。

目標
もくひょう

目標

mo.ku.hyo.u.

例 句

☞ 目標を達成する。

mo.ku.hyo.u.o./ta.sse.i.su.ru.

達成目標。

温和
おんわ

溫和

o.n.wa.

例 句

☞ 台湾は気候が温和だ。

ta.i.wa.n.wa./ki.ko.u.ga./o.n.wa.da.

台灣氣候溫和。

☞ 温和な人柄。

o.n.wa.na./hi.to.ga.ra.

温和的個性。

焼く
煎、烤、燒
ya.ku.

例 句

☞ 魚を焼く。

sa.ka.na.o./ya.ku.

煎魚。

☞ 木を焼く。

ki.o./ya.ku.

燒樹（木）。

変わる
變化、改變
ka.wa.ru.

例 句

☞ 顔色が変わる。

ka.o.i.ro.ga./ka.wa.ru.

臉色變了。

自信
_{じしん}

自信

ji.shi.n.

例 句

☞ 自信がある。

ji.shi.n.ga./a.ru.

有自信。

満ちる
_み

滿

mi.chi.ru.

例 句

☞ 客が会場に満ちる。

kya.ku.ga./ka.i.jo.u.ni./mi.chi.ru.

會場充滿了客人。

☞ 任期が満ちる。

ni.n.ki.ga./mi.chi.ru.

任期將滿。

勇気
_{ゆうき}

勇氣

yu.u.ki.

例 句

☞ 勇気を出す。

yu.u.ki.o./da.su.

拿出勇氣。

包む
包、包圍
tsu.tsu.mu.

例 句

☞ プレゼントをきれいな紙に包む。

pu.re.ze.n.to.o./ki.re.i.na./ka.mi.ni./tsu.tsu.mu.

用美麗的紙把禮物包起來。

☞ 霧に包まれた。

ki.ri.ni./tsu.tsu.ma.re.ta.

被霧所包圍。

養う
養育、療養、培養
ya.shi.na.u.

例 句

☞ 家族を養う。

ka.zo.ku.o./ya.shi.na.u.

養家。

• track 106

測る
はかる

測量

ha.ka.ru.

例 句

☞ 距離を測る。
きょり はか

kyo.ri.o./ha.ka.ru.

測量距離。

（測る＝量る＝計る）

便利
べんり

方便

be.n.ri.

例 句

☞ この家は交通が便利だ。
いえ こうつう べんり

ko.no.i.e.wa./ko.u.tsu.u.ga./be.n.ri.da.

這間房子交通方便。

近所
きんじょ

附近、鄰居

ki.n.jo.

例 句

☞ 彼はこの近所に住んでいる。
かれ きんじょ す

ka.re.wa./ko.no.ki.n.jo.ni./su.n.de.i.ru.

他住在這附近。

加入する
かにゅう

加入、参加

ka.nyu.u.su.ru.

例 句

☞ 保険に加入する。
ほけん かにゅう

ho.ke.n.ni./ka.nyu.u.su.ru.

加入保險。

愛着
あいちゃく

留戀、依依不捨

a.i.cha.ku.

例 句

☞ 彼は故郷の村に強い愛着を持っている。
かれ ふるさと むら つよ あいちゃく も

ka.re.wa./fu.ru.sa.to.no.mu.ra.ni./tsu.yo.i./a.i.cha.ku.o./
mo.tte.i.ru.

他對家鄉有很深的留戀。

調子
ちょうし

狀況

cho.u.shi.

例 句

☞ 体の調子がいい。
からだ ちょうし

ka.ra.da.no./cho.u.shi.ga.i.i.

身體的狀況很好。

• track 107

仲間
な か ま

同伴

na.ka.ma.

例 句

☞ 仲間に入る。
な か ま　 は い

na.ka.ma.ni./ha.i.ru.

加入同伴間。

課題
か だ い

課題、題目

ka.da.i.

例 句

☞ 課題を与える。
か だ い　 あた

ka.da.i.o./a.ta.e.ru.

給予課題。

水害
す い が い

水患

su.i.ga.i.

例 句

☞ 水害の被害者。
す い が い　 ひ が い しゃ

su.i.ga.i.no./hi.ga.i.sha.

水患的受災者。

必死
拼命
hi.sshi.

例 句

☞ 必死に勉強する。

shi.sshi.ni./be.n.kyo.u.su.ru.

拼命念書。

重要
重要
ju.u.yo.u.

例 句

☞ 重要な話がある。

ju.u.yo.u.na./ha.na.shi.ga./a.ru.

有重要的話要說。

記録
記録、紀綠
ki.ro.ku.

例 句

☞ 会議の記録を取る。

kai.gi.no./ki.ro.ku.o./to.ru.

做會議記錄。

• track 107-108

☞ 記録を破る。

ki.ro.ku.o./ya.bu.ru.

破紀錄。

願望
がんぼう

願望

ga.n.bo.u.

例 句

☞ 願望を遂げる。
がんぼう と

ga.n.bo.u.o./to.ge.ru.

實現願望。

野菜
や さい

蔬菜

ya.sa.i.

例 句

☞ 野菜を買う。
や さい か

ya.sa.i.o./ka.u.

買蔬菜。

季節
き せつ

季節

ki.se.tsu.

例 句

☞ 季節が巡る。

ki.se.tsu.ga./me.gu.ru.

季節更迭。

追求する
ついきゅう

追求

tsu.i.kyu.u.su.ru.

例 句

☞ 幸福を追求する。

ko.u.fu.ku.o./tsu.i.kyu.u.su.ru.

追求幸福

友達
ともだち

朋友

to.mo.da.chi.

例 句

☞ 友達を作る。

to.mo.da.chi.o./tsu.ku.ru.

結交朋友。

協議する
きょうぎ

協議、商議

kyo.u.gi.su.ru.

例 句

☞ 対策を協議する。

ta.i.sa.ku.o./kyo.u.gi.su.ru.

商議對策。

きょくりょく
極力
極力
kyo.ku.ryo.ku.

例 句

☞ 極力避ける。

kyo.ku.ryo.ku.sa.ke.ru.

極力避免。

けっせき
欠席
缺席
ke.sse.ki.

例 句

☞ 学校を欠席する。

ga.kko.u.o./ke.sse.ki.su.ru.

缺席沒上學。

けっきょく
結局
結果、最後
ke.kkyo.ku.

例 句

☞ 色々努力したが、結局失敗した。

i.ro.i.ro./do.ryoku.shi.ta.ga./ke.kkyo.ku./shi.ppa.i.shi.ta.

做了各種努力，但最後還是失敗了。

殺風景
殺風景
sa.ppu.u.ke.i.

例 句

☞ 殺風景な話。

sa.ppu.u.ke.i.na./ha.na.shi.

殺風景的話題。

建設
建設
ke.n.se.tsu.

例 句

☞ モールを建設する。

mo.o.ru.o./ke.n.se.tsu.su.ru.

建設購物中心。

大好物
最喜歡的東西
da.i.ko.u.bu.tsu.

例 句

☞ 私の大好物は焼き鳥です。

wa.ta.shi.no./da.i.ko.u.bu.tsu.wa./ya.ki.to.ri.de.su.

我最喜歡烤雞肉。

変化
へ ん か

變化

he.n.ka.

例 句

☞ 状況が変化する。

jo.u.kyo.u.ga./he.n.ka.su.ru.

狀況有變化。

欠航
け っ こ う

停駛

ke.kko.u.

例 句

☞ フェリーが欠航する。

fe.ri.i.ga./ke.kko.u.su.ru.

渡船停駛。

不明
ふ め い

不清楚

fu.me.i.

例 句

☞ 事故の原因は不明です。

ji.ko.no./ge.n.i.n.wa./fu.me.i.de.su.

意外的原因不明。

しょうきょくてき
消極的

消極

sho.u.kyo.ku.te.ki.

例 句

☞ 消極的な態度。

sho.u.kyo.ku.te.ki.na./ta.i.do.

消極的態度。

りょうがえ
両替する

匯兌

ryo.u.ga.e.

例 句

☞ 一万元を日本円に両替する。

i.chi.ma.n.ge.n.o./ni.ho.n.e.n.ni./ryo.u.ga.e.su.ru.

將一萬台幣兌換成日圓。

き
決める

決定

ki.me.ru.

例 句

☞ 就職先を決める。

shu.u.sho.ku.sa.ki.o./ki.me.ru.

決定工作的公司。

こころ
試みる
嘗試

ko.ko.ro.mi.ru.

例 句

☞ 彼は来年富士登山を試みる。

ka.re.wa./ra.i.ne.n./fu.ji.to.za.n.o./ko.ko.ro.mi.ru.

他明年要試著登富士山。

でんせつ
伝説
傳說

de.n.se.tsu.

例 句

☞ 田中先生は伝説的人物だ。

ta.na.ka.se.n.se.i.wa./de.n.se.tsu.te.ki./ji.n.bu.tsu.da.

田中先生就是傳說中的人物。

な   た
成り立つ
成立

na.ri.ta.tsu.

例 句

☞ 交渉が成り立つ。

ko.u.sho.u.ga./na.ri.ta.tsu.

交渉成立。

反省する
はんせい

反省

ha.n.se.i.su.ru.

例 句

☞ 寝る前にその日の行いを反省する。

ne.ru.ma.e.ni./so.no.hi.no./o.ko.na.i.o./ha.n.se.i.su.ru.

在睡前反省當日的行為。

戦争
せんそう

戦争

se.n.so.u.

例 句

☞ 戦争に勝つ。

se.n.so.u.ni./ka.tsu.

贏得戰爭。

説く
と

說服、說明、宣傳

to.ku.

例句

☞ 先生はこの点を詳細に説く。

se.n.se.i.wa./ko.no.te.n.o./sho.u.sa.i.ni./to.ku.

老師對這點做了詳細的說明。

☞ 父は人の道を説く。

chi.chi.wa./hi.to.no.mi.chi.o./to.ku.

父親說明做人的道理。

☞ 社長を説いて新企画を採用してもらった。

sha.cho.u.o./to.i.te./shi.n.ki.ka.ku.o./sa.i.yo.u.shi.te./
mo.ra.tta.

說服社長採用新計畫。

浅い
あさ

淺

a.sa.i.

例句

☞ 浅いところで泳ぐ。

a.sa.i.to.ko.ro.de./o.yo.gu.

在淺的地方游泳。

☞ 彼は政治についての見方が浅い。

ka.re.wa./se.i.ji.ni./tsu.i.te.no./mi.ka.ta.ga./a.sa.i.

他對政治的看法還很淺。

冷静
れいせい

冷靜

re.i.se.i.

例 句

☞ 冷静に考える。
れいせい　かんが

re.i.se.i.ni./ka.n.ga.e.ru.

冷靜地思考。

☞ 冷静な態度。
れいせい　たいど

re.i.se.i.na./ta.i.do.

冷靜的態度。

倉庫
そうこ

倉庫

so.u.ko.

例 句

☞ 家具は倉庫に預けた。
かぐ　そうこ　あず

ka.gu.wa./so.u.ko.ni./a.zu.ke.ta.

家具寄放在倉庫裡。

側面
そくめん

側面、方面、一面

so.ku.me.n.

例 句

☞ 立方体には上下の面と四つの側面がある。

ri.ppo.u.ta.i.ni.wa./jo.u.ge.no.me.n.to./yo.ttu.no./so.ku.
me.n.ga./a.ru.

立方體有上下面和四個側面。

☞ 敵の側面を攻撃する。

te.ki.no.so.ku.me.n.o./ko.u.ge.ki.su.ru.

從敵人的側面進攻。

☞ 田中君のそんな側面に気がつかなかった。

ta.na.ka.ku.n.no./so.n.na.so.ku.me.n.ni./ki.ga.tsu.ka.na.
ka.tta.

沒注意到田中有那樣的一面。

☞ 側面から援助する。

so.ku.me.n.ka.ra./e.n.jo.su.ru.

從旁進行援助。

連続
連續
re.n.zo.ku.

例 句

☞ 連続12時間の労働。

re.n.zo.ku./ju.u.ni.ji.ka.n.no./ro.u.do.u.

連續工作12小時。

☞ 出来事が連続する。

de.ki.go.to.ga./re.n.zo.ku.su.ru.

連續發生變故。

残す
留下、遺留
no.ko.su.

例 句

☞ 彼は財産の半分を妻に残した。

ka.re.wa./za.i.sa.n.no./ha.n.bu.n.o./tsu.ma.ni./no.ko.shi.ta.

他留下一半的財産給妻子。

☞ まだ問題が残されている。

ma.da.mo.n.da.i.ga./no.kko.sa.re.te.i.ru.

還有問題留下。

☞ 仕事を明日に残す。

shi.go.to.o./a.shi.ta.ni./no.ko.su.

把工作留到明天。

子孫
子孫、後代
shi.so.n.

例 句

☞ あの兄弟は有名な小説家の子孫だ。

a.no.kyou.da.i.wa./yu.u.me.i.na./sho.u.se.tsu.ka.no./

shi.so.n.da.

那對兄弟是著名小說家的後代。

停止する
停、停止
te.i.shi.su.ru.

例 句

☞ バスは交差点で停止する。

ba.su.wa./ko.u.sa.te.n.de./te.i.shi.su.ru.

公車在十字路口停下來。

☞ 営業を停止する。

e.i.gyo.u.o./te.i.shi.su.ru.

停止營業。

堂々
堂堂
do.u.do.u.

例 句

☞ 堂々とした行進。

do.u.do.u.to.shi.ta./ko.u.shi.n.

堂堂地前進。

☞ 負けてもいいから堂々とやりなさい。

ma.ke.te.mo./i.i.ka.ra./do.u.do.u.to./ya.ri.na.sa.i.

輸了也沒關係，請勇往直前去做。

おもて
表
外面、表面
o.mo.te.

例 句

☞ 本の表に名前を書く。

ho.n.no./o.mo.te.ni./na.ma.e.o./ka.ku.

在書封面寫名字。

☞ 表を飾る。

o.mo.te.o./ka.za.ru.

裝飾門面。

☞ 表で遊ぶ。

o.mo.te.de./a.so.bu.

在外面玩。

とくしょく
特色
特色
to.ku.sho.ku.

● track 115

例句

☞ この作品には日本の特色がよく表れている。

ko.no.sa.ku.hi.n.ni.wa./ni.ho.n.no./to.ku.sho.ku.ga./yo.ku./a.ra.wa.re.te./i.ru.

這部作品充分表現了日本的特色。

失う
失去
u.shi.na.u.

例句

☞ ばくちで財産を失う。

ba.ku.chi.de./za.i.sa.n.o./u.shi.na.u.

因賭博而失去了財產。

根気
耐性、毅力
ko.n.ki.

例句

☞ 根気がない。

ko.n.ki.ga.na.i.

沒耐性。

五年級

飛行機
ひこうき

飛機

hi.ko.u.ki.

例 句

☞ 東京から飛行機で沖縄まで行く。
とうきょう　　　　ひこうき　　　おきなわ　　　い

to.u.kyo.u.ka.ra./hi.ko.u.ki.de./o.ki.na.wa.ma.de./i.ku.

坐飛機從東京到沖繩。

移動する
いどう

移動、移轉

i.do.u.su.ru.

例 句

☞ 車を移動してください。
くるま　　いどう

ku.ru.ma.o./i.do.u.shi.te./ku.da.sa.i.

請移開車子。

☞ 車で移動する。
くるま　　いどう

ku.ru.ma.de./i.do.u.su.ru.

以車子代步。

追究
ついきゅう

探究、追究

tsu.i.kyu.u.

例 句

☞ 物理的にその問題を追究する。

bu.tsu.ri.te.ki.ni./so.no.mo.n.da.i.o./tsu.i.kyu.u.su.ru.

用物理的角度探究那個問題。

えいきゅう
永久

永久

e.i.kyu.u.

例 句

☞ 永久に不変です。

e.i.kyu.u.ni./fu.he.n.de.su.

永久不變。

けいえい
経営

經營

ke.i.e.i.

例 句

☞ 店を経営する。

mi.se.o./ke.i.e.i.su.ru.

經營商店。

じょうたい
状態

狀態

jo.u.ta.i.

例 句

☞ 体の状態を整える。

ka.ra.da.no./jo.u.ta.i.o./to.to.no.e.ru.

調整身體的狀態。

放送
播放

ho.u.so.u.

例 句

☞ 二か国語放送。

ni.ka.ko.ku.go./ho.u.so.u.

雙語播放。

☞ テレビで放送する。

te.re.bi.de./ho.u.so.u.su.ru.

在電視上播放。

製作する
製作

se.i.sa.ku.su.ru.

例 句

☞ 新しい映画を製作する。

a.ta.ra.shi.i./e.i.ga.o./sa.i.sa.ku.su.ru.

製作新電影。

易しい
簡單
ya.sa.shi.i.

例 句

☞ この問題は易しいです。

ko.no.mo.n.da.i.wa./ya.sa.shi.i.de.su.

這個問題很簡單。

表現
表達、表現
hyo.u.ge.n.

例 句

☞ 適切な言葉で表現する。

te.ki.se.tsu.na./ko.to.ba.de./hyo.u.ge.n.su.ru.

用適當的話語表現。

圧力
壓力
ha.tsu.ryo.ku.

例 句

☞ 圧力を加える。

ha.tsu.ryo.ku.o./ku.wa.e.ru.

施壓。

● track 118

移<small>うつ</small>り変<small>か</small>わる
變遷、變化
u.tsu.ri.ka.wa.ru.

例句

☞ 季節<small>きせつ</small>が移<small>うつ</small>り変<small>か</small>わる。

ki.se.tsu.ga./u.tsu.ri.ka.wa.ru.

季節變遷。

四季<small>し き</small>
四季
shi.ki.

例句

☞ この地方<small>ちほう</small>は四季<small>し き</small>の変化<small>へんか</small>がはっきりしている。

ko.no.chi.ho.u.wa./shi.ki.no./he.n.ka.ga./ha.kki.ri.shi.
te.i.ru.

這個地區的四季分明。

要因<small>よういん</small>
主要原因
yo.u.i.n.

例句

☞ 失敗<small>しっぱい</small>の要因<small>よういん</small>を探<small>さぐ</small>る。

shi.ppa.i.no./yo.u.i.n.o./sa.gu.ru.

尋找失敗的主要原因。

営む
いとな

從事、經營

i.to.na.mu.

例 句

☞ 飲食業を営む。

i.n.sho.ku.gyo.u.o./i.to.na.mu.

從事餐飲業。

☞ 多忙な生活を営む。

ta.bo.u.na./se.i.ka.tsu.o./i.to.na.mu.

經營忙碌的生活。

快適
かいてき

舒適

ka.i.te.ki.

例 句

☞ 快適な環境作り。

ka.i.te.ki.na./ka.n.kyo.u.zu.ku.ri.

創造舒適的環境。

解ける
と

解開、消除、解除

to.ke.ru.

例　句

☞ 結び目が解ける。

mu.su.bi.me.ga./to.ke.ru.

解開結。

☞ 彼女の誤解はなかなか解けない。

ka.no.jo.no./go.ka.i.wa./na.ka.na.ka./to.ke.na.i.

她的誤會難以消除。

☞ 数学の問題が解けた。

su.u.ga.ku.no./mo.n.da.i.ga./to.ke.ta.

解開數學題。

容易
簡單
yo.u.i.

例　句

☞ 会社を経営するのは容易なことではない。

ka.i.sha.o./ke.i.e.i.su.ru.no.wa./yo.u.i.na.ko.to./de.wa.
na.i.

經營公司不是簡單的事。

利益
利益
ri.e.ki.

例 句

☞ 利益を得る。

ri.e.ki.o./e.ru.

獲得利益。

移転する
いてん

遷移、搬家、移轉

i.te.n.su.ru.

例 句

☞ 事務所は隣の町へ移転する。
じむしょ　　となり　まち　いてん

ji.mu.sho.wa./to.na.ri.no./ma.chi.e./i.te.n.su.ru.

事務所遷移到隔壁城市。

☞ 財産を移転する。
ざいさん　　いてん

za.i.sa.n.o./i.te.n.su.ru.

移轉財產。

練る
ね

攪拌、鍛煉、仔細推敲

ne.ru.

例 句

☞ あんを練る。
ね

a.n.o./ne.ru.

熬煮紅豆餡。

• track 119-120

☞ 文章を練る。

bu.n.sho.u.o./ne.ru.

仔細推敲文章。

往復
來回
o.u.fu.ku.

例 句

☞ 往復に１時間かかる。

o.u.fu.ku.ni./i.chi.ji.ka.n./ka.ka.ru.

來回花費1小時。

冷める
變冷、減退
sa.me.ru.

例 句

☞ お茶が冷める。

o.cha.ga./sa.me.ru.

茶變冷了。

☞ 怒りが冷める。

i.ka.ri.ga./sa.me.ru.

怒氣減退。

反応
<small>はんのう</small>

反應

ha.n.no.u.

例 句

☞ 反応を起こす。
<small>はんのう お</small>

ha.n.no.u.o./o.ko.su.

發生反應。

☞ 彼の企画には大きな反応があった。
<small>かれ きかく おお はんのう</small>

ka.re.no./ki.ka.ku.ni.wa./o.o.ki.na./ha.n.no.u.ga./a.tta.

他的企畫有很大的迴響。

貿易
<small>ぼうえき</small>

貿易

bo.u.e.ki.

例 句

☞ インドとの貿易が再開された。
<small>ぼうえき さいかい</small>

i.n.do.to.no./bo.u.e.ki.ga./sa.i.ka.i.sa.re.ta.

和印度的貿易重新啟動。

寄付
<small>き ふ</small>

捐款、贈送

ki.fu.

例 句

☞ 寄付を募る。

ki.fu.o./tsu.no.ru.

募捐。

有益

有意義

yu.u.e.ki.

例 句

☞ 夏休みを有益に過ごす。

na.tsu.ya.su.mi.o./yu.u.e.ki.ni./su.go.su.

暑假過得有意義。

実行

實行、實踐

ji.kko.u.

例 句

☞ 約束を実行する。

ya.ku.so.ku.o./ji.kko.u.su.ru.

實踐約定。

☞ 有言実行。

yu.u.ge.n.ji.kko.u.

言出必行。

移す
移動、轉移、染上
u.tsu.su.

例 句

☞ パソコンをテーブルから移す。

pa.so.ko.no./te.e.bu.ru.ka.ra./u.tsu.su.

把電腦從桌上移開。

☞ 注意を移す。

chu.u.i.o./u.tsu.su.

轉移注意力。

☞ 風邪を移す。

ka.ze.o./u.tsu.su.

傳染感冒。

絶賛
讚不絕口
ze.ssa.n.

例 句

☞ 絶賛を博する。

ze.ssa.n.o./ha.ku.su.ru.

得到極好的稱讚。

☞ 評論家が絶賛する。

hyo.u.ro.n.ka.ga./ze.ssa.n.su.ru.

評論家讚不絕口。

• track 122

解決する
かいけつ

解決

ka.i.ke.tsu.su.ru.

例 句

☞ 事件を解決する。
じけん かいけつ

ji.ke.n.o./ka.i.ke.tsu.su.ru.

解決事件。

限り
かぎ

極限、限

ka.gi.ri.

例 句

☞ 声を限りに叫ぶ。
こえ かぎ さけ

ko.e.o./ka.gi.ri.ni./sa.ke.bu.

用聲音的極限大叫。

☞ 展覧会は今日限り。
てんらんかい きょうかぎ

te.n.ra.n.ka.i.wa./kyo.u.ka.gi.ri.

展覽期限到今天。

可能
かのう

可能

ka.no.u.

例 句

☞ 可能な限りやってみよう。

ka.no.u.na./ka.gi.ri./ya.tte.mi.yo.u.

盡可能試試看。

☞ 実現可能。

ji.tsu.ge.n.ka.no.u.

有可能實現。

謝罪する
道歉
sha.za.i.su.ru.

例 句

☞ 記者会見で謝罪する。

ki.sha.ka.i.ke.n.de./sha.za.i.su.ru.

在記者會道歉。

責任
責任
se.ki.ni.n.

例 句

☞ 責任をとる。

se.ki.ni.n.o./to.ru.

負起責任。

● track 123

評価
ひょうか
評估、評價、讚許
hyo.u.ka.

例 句

☞ 評価が高い。
ひょうか たか

hyo.u.ka.ga./ta.ka.i.

評價很高。

☞ 世間は彼の作品を高く評価した。
せけん かれ さくひん たか ひょうか

se.ke.n.wa./ka.re.no.sa.ku.hi.n.o./ta.ka.ku./hyo.u.ka.
shi.ta.

人們對他的作品有高評價。

退院
たいいん
出院
ta.i.i.n.

例 句

☞ 昨日退院した。
きのう たいいん

ki.no.u./ta.i.i.n.shi.ta.

昨天出院。

許可
きょか
許可
kyo.ka.

例句

☞ 許可をもらう。

kyo.ka.o./mo.ra.u.

得到許可。

くんれん
訓練
訓練

ku.n.re.n.

例句

☞ 訓練を受ける。

ku.n.re.n.o./u.ke.ru.

接受訓練。

かてい
仮定する
假設

ka.te.i.su.ru.

例句

☞ それが事実と仮定する。

so.re.ga./ji.ji.tsu.to./ka.te.i.su.ru.

假設那是事實。

に
似る
相像

ni.ru.

例 句

☞ 妹は母親によく似ている。

i.mo.u.to.wa./ha.ha.o.ya.ni./yo.ku.ni.te.i.ru.

妹妹很像媽媽。

現象

現象

ge.n.sho.u.

例 句

☞ 不思議な現象が起きた。

fu.shi.gi.na./ge.n.sho.u.ga./o.ki.ta.

發生了不可思議的現象。

招待する

邀請、招待

sho.u.ta.i.su.ru.

例 句

☞ 人をパーティーに招待する。

hi.to.o./pa.a.ti.i.ni./sho.u.ta.i.su.ru.

邀請人來派對。

快晴

晴朗

ka.i.se.i.

例 句

☞ 大会当日は快晴に恵まれた。

ta.i.ga.i.to.u.ji.tsu.wa./ka.i.se.ni./ma.gu.ma.re.ta.

大會當天有著晴朗的好天氣。

勢い
氣勢、勁頭
i.ki.o.i.

例 句

☞ 風の勢いが強い。

ka.ze.no./i.ki.o.i.ga./tsu.yo.i.

風勢很強。

☞ 酒を飲んで勢いをつける。

sa.ke.o./no.n.de./i.ki.o.i.o./tsu.ke.ru.

藉酒壯膽。

確かめる
確認
ta.shi./ka.me.ru.

例 句

☞ 会議の時間を確かめる。

ka.i.gi.no.ji.ka.n.o./ta.shi.ka.me.ru.

確認會議的時間。

過^すごす

度過、生活

su.go.su.

例 句

☞ 北海道^{ほっかいどう}で1か月^{げつ}を過^すごした。

ho.kka.i.do.u.de./i.kka.ge.tsu.o./su.go.shi.ta.

在北海道度過1個月。

提案^{ていあん}する

提案、提議

te.i.a.n.su.ru.

例 句

☞ 早^{はや}く出発^{しゅっぱつ}することを提案^{ていあん}する。

ha.ya.ku./shu.ppa.tsu.su.ru.ko.to.o./te.i.a.n.su.ru.

提議早點出發。

年賀状^{ねんがじょう}

賀年明信片

ne.n.ga.jo.u.

例 句

☞ 年賀状^{ねんがじょう}を出^だす。

ne.n.ga.jo.u.o./da.su.

寄出賀年明信片。

快い
こころよ

愉快、高興、痛快

ko.ko.ro.yo.i.

例 句

☞ 快いそよ風。
こころよ　　　　　かぜ

ko.ko.ro.yo.i./so.yo.ka.ze.

舒適的風。

☞ 彼の忠告を快く受け入れた。
かれ　ちゅうこく　こころよ　う

ka.re.no./chu.u.ko.ku.o./ko.ko.ro.yo.ku./u.ke.i.re.ta.

乾脆地接受他的忠告。

印象
いんしょう

印象

i.n.sho.u.

例 句

☞ いい印象を与える。
いんしょう　あた

i.i./i.n.sho.u.o./a.ta.e.ru.

給人好印象。

打ち解ける
う　　と

融洽、無隔閡

u.chi.to.ke.ru.

例 句

☞ 彼らはすぐに打ち解けた。

ka.re.ra.wa./su.gu.ni./u.chi.to.ke.ta.

他們很快就相處融洽。

意図
意圖、打算
i.to.

例 句

☞ 意図的な犯罪。

i.to.te.ki.na./ha.n.za.i.

預謀犯罪。

☞ 彼が何を意図しているのか分からない。

ka.re.ga./na.ni.o./i.to.shi./te.i.ru.no.ga./wa.ka.ra.na.i.

不知道他有什麼打算。

伝える
轉告、傳達
tsu.ta.e.ru.

例 句

☞ 課長に伝言を伝えてほしい。

ka.cho.u.ni./de.n.go.no.no./tsu.ta.e.te./ho.shi.i.

希望留言給課長。

合格する
ごうかく

合格、通過

go.u.ka.ku.su.ru.

例 句

☞ 大学入試に合格する。
だいがくにゅうし　ごうかく

da.i.ga.ku.nyu.u.shi.ni./go.u.ka.ku.su.ru.

通過大學入學考試。

通り過ぎる
とお　す

走過、通過

to.o.ri.su.gi.ru.

例 句

☞ うっかりして通り過ぎてしまった。
とお　す

u.kka.ri.shi.te./to.o.ri.su.gi.te./shi.ma.tta.

一不留神就走過了頭。

出張する
しゅっちょう

出差

shu.ccho.u.su.ru.

例 句

☞ 来月は東京へ出張する。
らいげつ　とうきょう　しゅっちょう

ra.i.ge.tsu.wa./to.u.kyo.u.e./shu.ccho.u.su.ru.

下個月要去東京出差。

• track 127

習慣
しゅうかん

習慣

shu.u.ka.n.

例句

☞ 悪い習慣を直す。
わる　しゅうかん　なお

wa.ru.i.shu.u.ka.n.o./na.o.su.

改正惡習。

風景
ふうけい

風景、情景

fu.u.ke.i.

例句

☞ 風景写真を撮る。
ふうけいしゃしん　と

fu.u.ke.i.sha.shi.n.o./to.ru.

拍風景照片。

☞ 選手たちの練習風景。
せんしゅ　　　れんしゅうふうけい

se.n.shu.ta.chi/.no./re.n.shu.u.fu.u.ke.ri.

選手們練習的情景。

確か
たし

確實、確切、可靠的

ta.shi.ka.

例 句

☞ 確かな証拠。

ta.shi.ka.na./sho.u.ko.

確切的證據。

☞ 彼女の料理の腕は確かだ。

ka.no.jo.no./ryo.u.ri.no./u.de.wa./ta.shi.ka.da.

她的烹飪技巧很好。

情報
情報、消息
jo.u.ho.u.

例 句

☞ 情報を漏らす。

jo.u.ho.u.o./mo.ra.su.

消息走漏。

基本
基本
ki.ho.n.

例 句

☞ 基本の動作。

ki.ho.n.no./do.u.sa.

基本的動作。

出版
しゅっぱん

出版

shu.ppa.n.

例 句

☞ その本は出版されている。
ほん　　しゅっぱん

so.no.ho.n.wa./shu.ppa.n.sa.re.te.i.ru.

那本書被出版了。

政府
せいふ

政府

se.i.fu.

例 句

☞ 政府を支持する。
せいふ　しじ

se.i.fu.o./shi.ji.su.ru.

支持政府。

回答
かいとう

回答

ka.i.to.u.

例 句

☞ 口頭で回答する。
こうとう　かいとう

ko.u.to.u.de./ka.i.to.u.su.ru.

用口頭回答。

寄せる
靠近、聚集、投靠

yo.se.ru.

例句

☞ ベッドのそばにいすを寄せた。

be.ddo.no./so.ba.ni./i.su.o./yo.se.ta.

在床旁邊放椅子。

☞ 額にしわを寄せる。

hi.ta.i.ni./shi.wa.o./yo.se.ru.

在額頭上擠出皺紋。

☞ 多くの手紙が寄せられた。

o.o.ku.no./te.ga.mi.ga./yo.se.ra.re.ta.

寄來了很多信。

☞ 身を寄せる所がない。

mi.oi.yo.se.ru./to.ko.ro.ga./na.i.

無處可容身。

慣れる
習慣

na.re.ru.

例句

☞ 寒い天候に慣れた。

sa.mu.i./te.n.ko.u.ni./na.re.ta.

習慣了寒冷的天氣。

• track 129

規則
きそく

規則

ki.so.ku.

例 句

☞ 規則を守る。

ki.so.ku.o./ma.mo.ru.

遵守規則。

義務
ぎむ

義務

gi.mu.

例 句

☞ 義務を果たす。

gi.mu.o./ha.ta.su.

實踐義務。

基準
きじゅん

基準

ki.ju.n.

例 句

☞ 基準を定める。

ki.ju.n.o./sa.da.me.ru.

制定基準。

登録する
とうろく

登録

to.u.ro.ku.su.ru.

例句

☞ メールを登録する。

me.e.ru.o./to.u.ro.ku.su.ru.

登錄電子郵件帳號。

研修
けんしゅう

研習

ke.n.shu.u.

例句

☞ 新入社員研修が行われた。

shi.n.nyu.u.sha.i.n.ke.n.shu.u.ga./o.ko.na.wa.re.ta.

舉行新人研習。

逆
ぎゃく

相反

gya.ku.

例句

☞ 逆の方向へ走る。

gya.ku.no./ho.u.ko.u.e./ha.shi.ru.

往相反的方向跑。

講義（こうぎ）

授課

ko.u.gi.

例句

☞ 講義（こうぎ）に出席（しゅっせき）する。

ko.u.gi.ni./shu.sse.ki.su.ru.

去上課。

逆（さか）らう

反抗

sa.ka.ra.u.

例句

☞ 運命（うんめい）に逆（さか）らう。

u.n.me.i.ni./sa.ka.ra.u.

反抗命運。

☞ 親（おや）に逆（さか）らう。

o.ya.ni./sa.ka.ra.u.

反抗父母。

許（ゆる）す

原諒、允許

yu.ru.su.

例 句

☞ 彼女の過失を許す。
ka.no.jo.no./ka.shi.tsu.o./yu.ru.su.

原諒她的過錯。

禁物
嚴禁、切忌
ki.n.mo.tsu.

例 句

☞ たばこはここでは絶対禁物です。
ta.ba.ko.wa./ko.ko.de.wa./ze.tta.i.ki.n.mo.tsu.de.su.

在這裡絕不可吸菸。

油断
一時大意、不小心
yu.da.n.

例 句

☞ あの男に油断は禁物だ。
a.no.o.to.ko.ni./yu.da.n.wa./ki.n.mo.tsu.da.

對那個男的絕對不可大意。

逆さま
顛倒
sa.ka.sa.ma.

● track 130-131

例 句

☞ 傘を逆さまに持つ。

ka.sa.o./sa.ka.sa.ma.ni./mo.tsu.

把傘倒著拿。

復元する

復原

fu.ku.ge.n.su.ru.

例 句

☞ 古城を復元する。

ko.jo.u.o./fu.ku.ge.n.su.ru.

復原古城。

文句

詞句、牢騷

mo.n.ku.

例 句

☞ 同じ文句を繰り返す。

o.na.ji.mo.n.ku.o./ku.ri.ka.e.su.

重複同樣的語句。

☞ 文句を言う。

mo.n.ku.o./i.u.

發牢騷。

生死
せいし

生死

se.i.shi.

例 句

☞ 生死にかかわる問題。
せいし　　　　　　　　もんだい

se.i.shi.ni./ka.ka.wa.ru./mo.n.da.i.

關乎生死的問題。

病
やまい

病

ya.ma.i.

例 句

☞ 病は気から。
やまい　き

ya.ma.i.wa./ki.ka.ra.

病打心上起。(俚語)

境
きょう

境地、地方

kyo.u.

例 句

☞ 無人の境を行く。
むじん　　きょう　ゆ

mu.ji.n.no./kyo.u.o./i.ku.

到無人的地方。

平均
へいきん

平均

he.i.ki.n.

例句

☞ 一人平均 100 円になる。
ひとりへいきん えん

hi.to.ri./he.i.ki.n./hya.ku.e.n.ni./na.ru.

平均一人100日圓。

水準
すいじゅん

水準

su.i.ju.n.

例句

☞ 水準に達する。
すいじゅん たっ

su.i.ju.n.ni./ta.ssu.ru.

達到水準。

禁止
きんし

禁止

ki.n.shi.

例句

☞ 立ち入り禁止。
た い きんし

ta.chi.i.ri./ki.n.shi.

禁止進入。

☞ 未成年者の飲酒は禁止されている。

mi.se.i.ne.n.sha.no./i.n.shu.wa./ki.n.shi.sa.re.te.i.ru.

未成年禁止喝酒。

ほう ふ
豊富

豊富

ho.u.fu.

例 句

☞ 知識を豊富にする。

chi.shi.ki.o./ho.u.fu.ni./su.ru.

讓知識豐富。

つね
常に

時常、總是

tsu.ne.ni.

例 句

☞ 彼女は常に冷静だ。

ka.no.jo.wa./tsu.ne.ni./re.i.se.i.da.

她總是非常冷靜。

せい けつ
清潔

乾淨、高尚、清新

se.i.ke.tsu.

例 句

☞ 清潔感がある人。

se.i.ke.tsu.ka.n.ga./a.ru.hi.to.

感覺清新的人。

☞ 手足を清潔にしておく。

te.a.shi.o./se.i.ke.tsu.ni./shi.te.o.ku.

保持手腳乾淨。

提示する
出示
te.i.ji.su.ru.

例 句

☞ 入場券を提示してください。

nyu.u.jo.u.ke.n.o./te.i.ji.shi.te./ku.da.sa.i.

請出示入場券。

条件
條件
jo.u.ke.n.

例 句

☞ それは彼女の条件に合わない。

so.re.wa./ka.no.jo.no./jo.u.ke.n.ni./a.wa.na.i.

那並不符合她要的條件。

飛来する
ひ ら い

飛來

hi.ra.i.su.ru.

例 句

☞ 渡り鳥の飛来する季節になった。
わた り どり ひ ら い き せつ

wa.ta.ri.do.ri.no./hi.ra.i.su.ru./ki.se.tsu.ni./na.tta.

到了候鳥飛來的季節。

曲折
きょくせつ

彎曲、錯綜複雜

kyo.ku.se.tsu.

例 句

☞ この道は曲折が多い。
みち きょくせつ おお

ko.no.mi.chi.wa./kyo.ku.se.tsu.ga./o.o.i.

這條路很多彎曲。

☞ この小説は筋の曲折が多い。
しょうせつ すじ きょくせつ おお

ko.no.sho.u.se.tsu.wa./su.ji.no./kyo.ku.se.tsu.ga./o.o.i.

這部小說的劇情錯綜複雜。

実現する
じつげん

實現

ji.tsu.ge.n.su.ru.

連日本小學生
◄都會的►
基礎單字

例 句

☞ 夢は実現する。

yu.me.wa./ji.tsu.ge.n.su.ru.

實現夢想。

潔白

清白

ke.ppa.ku.

例 句

☞ 彼の潔白を信じている。

ke.re.no./ke.ppa.ku.o./shi.n.ji.te./i.ru.

相信他的清白。

主張する

主張

shu.cho.u.su.ru.

例 句

☞ 無罪を主張する。

mu.za.i.o./shu.cho.u.su.ru.

主張無罪。

肉眼

肉眼

ni.ku.ga.n.

例　句

☞ 細菌は肉眼では見えない。

sa.i.ki.n.wa./ni.ku.ga.n.de.wa./mi.e.na.i.

細菌用肉眼看不見。

減る
減少
he.ru.

例　句

☞ 収益が減る。

shu.u.e.ki.ga./he.ru.

利益減少。

一時的
一時的
i.chi.ji.te.ki.

例　句

☞ 一時的な現象。

i.chi.ji.te.ki.na./ge.n.sho.u.

一時的現象。

経る
經過、經由
he.ru.

例 句

☞ 卒業以来3年を経た。

so.tsu.gyo.u.i.ra.i./sa.n.ne.n.o./he.ta.

畢業後過了3年。

☞ 静岡を経て名古屋へ行く。

shi.zu.o.ka.o./he.te./na.go.ya.e./i.ku.

經由靜岡到名古屋。

増加する
増加
zo.u.ka.su.ru.

例 句

☞ 人口が増加する。

ji.n.ko.u.ga./zo.u.ka.su.ru.

人口增加。

限界
極限
ge.n.ka.i.

例 句

☞ 限界に達する。

ge.n.ka.i.ni./ta.ssu.ru.

到達極限。

希少
きしょう

稀少、鮮見

ki.sho.u.

例 句

☞ 希少の事件。
きしょう　じけん

ki.sho.u.no./ji.ke.n.

鮮見的事件。

急務
きゅうむ

當務之急

kyu.u.mu.

例 句

☞ 時勢の急務に応じる。
じせい　きゅうむ　おう

ji.se.i.no./kyu.u.mu.ni./o.u.ji.ru.

因應形勢的當務之急。

保護
ほ　ご

保護

ho.go.

例 句

☞ 国内の農業を保護する。
こくない　のうぎょう　ほ　ご

ko.ku.na.i.no./no.u.gyo.u.o./ho.go.su.ru.

保護國內農業。

現す
出現
a.ra.wa.su.

例句

☞ 角を曲がると高いビルが姿を現した。

ka.do.o./ma.ga.ru.to./ta.ka.i.bi.ru.ga./su.ga.ta.o./a.ra.
wa.shi.ta.

轉彎之後就會看到高樓出現。

☞ 野球界で頭角を現す。

ya.kyu.u.ka.i.de./to.u.ka.ku.o./a.ra.wa.su.

在棒球界展露頭角。

現れる
表現出、露出
a.ra.wa.re.ru.

例句

☞ 太陽が山の端に現れた。

ta.i.yo.u.ga./ya.ma.no.ha.shi.ni./a.ra.wa.re.ta.

太陽在山邊出現了。

☞ お化けが現れる。

o.ba.ke.ga./a.ra.wa.re.ru.

出現了鬼魂。

減らす
減少
he.ra.su.

例 句

☞ 出費を減らす。

shu.ppi.o./he.ra.su.

減少支出。

不正
不法
fu.se.i.

例 句

☞ 不正が発覚する。

fu.se.i.ga./ha.kka.ku.su.ru.

發現不法行為。

犯す
犯下
o.ka.su.

例 句

☞ 罪を犯す。

tsu.mi.o./o.ka.su.

犯下罪行。

任せる
まか

交給、託付、任由

ma.ka.se.ru.

例 句

☞ 運を天に任せる。
うん　てん　まか

u.n.o./te.n.ni./ma.ka.se.ru.

命運交給上天。

輸入する
ゆにゅう

輸入

yu.nyu.u.su.ru.

例 句

☞ ブラジルからコーヒーを輸入する。
ゆにゅう

bu.ra.ji.ru.ka.ra./ko.o.hi.i.o./yu.nyu.u.su.ru.

從巴西輸入咖啡。

減少する
げんしょう

減少

ge.n.sho.u.su.ru.

例 句

☞ 事故が減少した。
じ　こ　　　げんしょう

ji.ko.ga./ge.n.sho.u.shi.ta.

意外減少了。

効き目
効力
ki.ki.me.

例 句

☞ 効き目がある。

ki.ki.me.ga./a.ru.

有效。

耕す
耕種
ta.ga.ya.su.

例 句

☞ 田を耕す。

ta.o./ta.ga.ya.su.

耕田。

待ち構える
等待、等候
ma.chi.ka.ma.e.ru.

例 句

☞ チャンスを待ち構える。

cha.n.su.o./ma.chi.ka.ma.e.ru.

等待機會。

● track 138

積み重なる
（つ・かさ）

累積、反覆

tsu.mi.ka.sa.na.ru.

例 句

☞ 落ち葉が積み重なる。

o.ch.ba.ga./tsu.mi.ka.sa.na.ru.

落葉層層累積。

興味深い
（きょう・み・ぶか）

很有意思、意味深沉

kyo.u.mi.bu.ka.i.

例 句

☞ 興味深い話。

kyo.u.mi.bu.ka.i./ha.na.shi.

有深意的話。

生け花
（い・ばな）

插花

i.ke.ba.na.

例 句

☞ 生け花を習う。

i.ke.ba.na.o./na.ra.u.

學插花。

混ぜ合わせる
混合、調合

ma.ze.a.wa.se.ru.

例 句

☞ サラダをマヨネーズで混ぜ合わせる。

sa.ra.da.o./ma.yo.ne.e.zu.de./ma.ze.a.wa.se.ru.

沙拉加入美奶滋攪拌。

複雑
複雑

fu.ku.za.tsu.

例 句

☞ 複雑な事情があった。

fu.ku.za.tsu.na./ji.jo.u.ga./a.tta.

有複雜的原因。

☞ 複雑な問題。

fu.ku.za.tsu.na./mo.n.da.i.

複雜的問題。

再会
再見面

sa.i.ka.i.

● track 138-139

例 句

☞ 3年ぶりに彼と再会した。

sa.n.ne.n.bu.ri.ni./ka.re.to./sa.i.ka.i.shi.ta.

相隔3年再見面。

受賞
獲獎
ju.sho.u.

例 句

☞ レコード大賞を受賞する。

re.ko.o.do./ta.i.sho.u.o./ju.sho.u.su.ru.

得到唱片大獎。

混雑
混亂、擁擠、人山人海
ko.n.za.tsu.

例 句

☞ 大通りは色々な車で混雑している。

o.o.do.o.ri.wa./i.ro.i.ro.na./ku.ru.ma.de./ko.n.za.tsu.
shi.te./i.ru.

大馬路上擠滿了各種車輛。

帰省
きせい
返鄉探親
ki.se.i.

例句

☞ 彼は休暇を利用して帰省する。

ka.re.wa./kyu.u.ka.o./ri.yo.u.shi.te./ki.se.i.su.ru.

他利用假日返鄉。

構う
かま
介意
ka.ma.u.

例句

☞ 赤ペンで書いても構いませんか。

a.ka.pe.n.de./ka.i.te.mo./ka.ma.i.ma.se.n.ka.

用紅筆寫沒關係嗎？

夢中
むちゅう
熱衷
mu.chu.u.

例句

☞ 彼女は日本語の勉強に夢中になっている。

ka.no.jo.wa./ni.ho.n.go.no./be.n.kyo.u.ni./mu.chu.u.
ni./na.tte.i.ru.

她熱衷於學日語。

復興
ふっこう

復興、振興

fu.kko.u.

例句

☞ 荒廃した町は復興しつつある。

ko.u.ha.i.shi.ta.ma.chi.wa./fu.kko.u.shi.tsu.tsu.a.ru.

荒廢已久的城市漸漸振興起來。

再び
ふたた

再次

fu.ta.ta.bi.

例句

☞ 再び交渉を開始した。

fu.ta.ta.bi./ko.u.sho.u.o./ka.i.shi.shi.ta.

再次開始交涉。

体験する
たいけん

體驗、經歷

ta.i.ke.n.su.ru.

例句

☞ 大変な困難を体験する。

ta.i.he.n.na./ko.n.na.no./ta.i.ke.n.su.ru.

經歷過很大的難關。

素直
すなお

誠實

su.na.o.

例 句

☞ あの新人は素直に自分の誤りを認めた。

a.no.shi.n.ji.n.wa./su.na.o.ni./ji.bu.n.no./a.ya.ma.ri.o./

mi.to.me.ta.

那個新人誠實地承認自己的錯誤。

余分
よぶん

多餘、額外

yo.bu.n.

例 句

☞ 余分なチケット。

yo.bu.n.na./chi.ke.tto.

多餘的票。

☞ 人より余分に働く。

hi.to.yo.ri./yo.bu.n.ni./ha.ta.ra.ku.

比別人格外努力。

望ましい
のぞ

最好、理想

no.zo.ma.shi.i.

• track 140-141

例 句

☞ 週に二度練習することが望ましい。

shu.u.ni./ni.do.re.n.shu.u.su.ru.ko.to.ga./no.zo.ma.shi.i.

一星期最好能有兩次練習。

採決
表決
sa.i.ke.tsu.

例 句

☞ 採決を行う。

sa.i.ke.tsu.o./o.ko.na.u.

進行表決。

支える
支撐、支持
sa.sa.e.ru.

例 句

☞ 杖で体を支える。

tsu.e.de./ka.ra.da.o./sa.sa.e.ru.

用枴杖支撐身體。

☞ 一家の暮らしを支える。

i.kka.no./ku.ra.shi.o./sa.sa.e.ru.

支撐一家的生活。

志 （こころざし）

志向

ko.ko.ro.za.shi.

例 句

☞ 二十歳（はたち）の時（とき）にミュージシャンになろうと志（こころざし）を立（た）てた。

ha.ta.chi.no./to.ki.ni./my.u.ji.sha.n.ni./na.ro.u.to./ko.

ko.ro.za.shi.o./ta.te.ta.

二十歲時立志成為音樂家。

未然 （みぜん）

未然

mi.ze.n.

例 句

☞ 事故（じこ）を未然（みぜん）に防（ふせ）ぐ。

ji.ko.o./mi.ze.n.ni./fu.se.gu.

防患未然。

防止（ぼうし）する

防止

bo.u.shi.su.ru.

例 句

☞ 青少年の非行を未然に防止する。

se.i.sho.u.ne.no./hi.ko.u.o./mi.ze.n.ni.bo.u.shi.su.ru.

對於青少年的犯罪要防患未然。

枝道
えだみち
岔路、偏離主題
e.da.mi.chi.

例 句

☞ 話が枝道にそれる。

ha.na.shi.ga./e.da.mi.chi.ni./so.re.ru.

談話偏離了主題。

支出
ししゅつ
支出
shi.shu.tsu.

例 句

☞ 支出を抑える。

shu.shu.tsu.o./o.sa.e.ru.

抑制支出。

指示
しじ
指示、命令
shi.ji.

例 句

☞ 指示に従う。

shi.ji.ni./shi.ta.ga.u.

遵從指示。

似合う
に あ

適合

ni.a.u.

例 句

☞ あなたは黒が似合う。

a.na.ta.wa./ku.ro.ga./ni.a.u.

你很適合黑色。

問う
と

詢問

to.u.

例 句

☞ 家族の安否を問う。

ka.zo.ku.no./a.n.pi.o./to.u.

詢問家人的安危。

知識
ち しき

知識

chi.shi.ki.

例 句

☞ 知識を広める。

chi.shi.ki.o./hi.ro.me.ru.

增加知識。

手厚い
熱情、優厚
te.a.tsu.i.

例 句

☞ 手厚いもてなしを受ける。

te.a.tsu.i./mo.te.na.shi.o./u.ke.ru.

接受熱情的款待。

☞ 手厚い謝礼を出す。

te.a.tsu.i./sha.re.i.o./da.su.

拿出豐厚的謝禮。

支持する
支持
shi.ji.su.ru.

例 句

☞ 彼の意見を支持する。

ka.re.no.i.ke.o./shi.ji.su.ru.

支持他的意見。

大量
たいりょう

大量

ta.i.ryo.u.

例 句

☞ 商品を大量に注文する。

sho.u.hi.n.o./ta.i.ryo.u.ni./chu.u.mo.n.su.ru.

大量訂購商品。

対する
たい

對於

ta.i.su.ru.

例 句

☞ 質問に対する答え。

shi.tsu.mo.n.ni./ta.i.su.ru./ko.ta.e.

針對詢問做回答。

明確
めいかく

明確

me.i.ka.ku.

例 句

☞ 公と私を明確に区別する。

ko.u.to.shi.o./me.i.ka.ku.ni./ku.be.tsu.su.ru.

公私分明。

意識
いしき

意識、認識、覺悟

i.shi.ki.

例 句

☞ 意識を失う。

i.shi.ki.o./u.shi.na.u.

失去意識。

☞ 自分の欠点を意識する。

ji.bu.n.no./ke.tte.n.no./i.shi.ki.su.ru.

意識到自己的缺點。

述べる
の

敘述、陳述

no.be.ru.

例 句

☞ 意見を述べる。

i.ke.n.o./no.be.ru.

陳述意見。

性質
せいしつ

性格、性質

se.i.shi.tsu.

例 句

☞ 明るい性質の人。

a.ka.ru.i./se.i.shi.tsu.no./hi.to.

性格開朗的人。

☞ 性質の異なる問題。

se.i.shi.tsu.no./ko.to.na.ru./mo.n.da.i.

性質不同的問題。

要望
要求、迫切期望

yo.u.bo.u.

例 句

☞ お客様の要望に添うように努力しています。

o.kya.ku.sa.ma.no./yo.u.bo.u.ni./so.u.yo.u.ni./do.ryo.
ku.shi.te.i.ma.su.

努力達到客人的要求。

手配
籌備、安排、部署

te.ha.i.

例 句

☞ フランス旅行の手配は着々と進んでいる。

fu.ra.n.su.ryo.ko.u.no./te.ha.i.wa./cha.ku.cha.ku.to./su.
su.n.de.i.ru.

法國旅行的準備正順利進行。

☞ 彼は殺人の容疑で全国に指名手配された。

ka.re.wa./sa.tsu.ji.n.no./yo.u.gi.de./ze.n.ko.ku.ni./shi.me.i.te.ha.i.sa.re.ta.

他因為殺人嫌疑而遭到全國通緝。

都
首都、繁榮的都市
mi.ya.ko.

例 句

☞ 水の都ベニス。

mi.zu.no.mi.ya.ko./be.ni.su.

水都威尼斯。

移住する
遷居
i.ju.u.su.ru.

例 句

☞ 沖縄へ移住する。

o.ki.na.wa.e./i.ju.u.su.ru.

遷居沖繩。

謝恩会
謝師宴
sha.o.n.ka.i.

例 句

☞ 謝恩会を行いました。

sha.o.n.ka.i.o./o.ko.na.i.ma.shi.ta.

舉辦謝師宴。

修める
學習、修養
o.sa.me.ru.

例 句

☞ 身を修める。

mi.o./o.sa.me.ru.

修身。

☞ 柔道を修める。

ju.u.do.u.o./o.sa.me.ru.

學習柔道。

苦労
辛苦、操勞、煩惱
ku.ro.u.

例 句

☞ 親には大変苦労をかけた。

o.ya.ni.wa./ta.i.he.n.ku.ro.u.o./ka.ke.ta.

造成父母很大的煩惱。

六年級

資源
しげん

資源

shi.ge.n.

例句

☞ 天然資源に富む。
てんねんしげん と

te.n.ne.n.shi.ge.n.ni./to.mu.

有豐富的天然資源。

源
みなもと

起源、發源

mi.na.mo.to.

例句

☞ 増大する失業がこの社会不安の源である。
ぞうだい しつぎょう しゃかいふあん みなもと

zo.u.da.i.su.ru./shi.tsu.gyo.u.ga./ko.no.sha.ka.i.fu.a.n.
no./mi.na.mo.to.de.a.ru.

擴大的失業是社會不安的源頭。

異常
いじょう

異常

i.jo.u.

例句

☞ 異常な進歩。
いじょう しんぽ

i.jo.u.na./shi.n.po.

異常進步。

☞ この冬は異常に寒かった。

ko.no.fu.yu.wa./i.jo.u.ni./sa.mu.ka.tta.

這個冬天異常寒冷。

盛る
もる
裝、盛
mo.ru.

例 句

☞ 盆にいちごを盛る。

bo.n.ni./i.chi.go.o./mo.ru.

在盆子裡裝草莓。

困る
こま
傷腦筋、困擾
ko.ma.ru.

例 句

☞ お金に困る。

o.ka.ne.ni./ko.ma.ru.

為錢煩惱。

☞ どう答えたらよいか分からなくて困った。

do.u.ko.ta.e.ta.ra./yo.i.ka./wa.ka.ra.na.ku.te./ko.ma.tta.

不知如何回答而苦惱。

困難
こんなん

困難

ko.n.na.n.

例句

☞ 困難を克服する。
こんなん　こくふく

ko.n.na.n.o./ko.ku.fu.ku.su.ru.

克服困難。

翌日
よくじつ

第二天

yo.ku.ji.tsu.

例句

☞ 運動会の翌日は学校が休みだった。
うんどうかい　よくじつ　がっこう　やす

u.n.do.u.ka.i.no./yo.ku.ji.tsu.wa./ga.kko.u.ga./ya.su.
mi.da.tta.

運動會的第二天學校放假。

片方
かたほう

一邊、單邊

ka.ta.ho.u.

例句

☞ 片方の足が不自由だ。
かたほう　あし　ふじゆう

ka.ta.ho.u.no.a.shi.ga./fu.ji.yu.u.da.

單邊的腳不方便。

りっぱ
立派
氣派、出色、優秀
ri.ppa.

例 句

☞ 立派な家。

ri.ppa.na./i.e.

氣派的家。

☞ 立派な大人になった。

ri.ppa.na./o.to.na.ni./na.tta.

成為出色的大人。

いた
痛む
疼痛
i.ta.mu.

例 句

☞ のどがひりひり痛む。

no.do.ga./hi.ri.hi.ri./i.ta.mu.

喉嚨刺痛。

ずつう
頭痛
頭痛
zu.tsu.u.

例 句

☞ 頭痛がする。

zu.tsu.u.ga./su.ru.

頭痛。

出勤
上班
shu.kki.n.

例 句

☞ 10時に出勤する。

ju.u.ji.ni./shu.kki.n.su.ru.

十點上班。

勤める
工作、任職
tsu.to.me.ru.

例 句

☞ 出版社に勤める。

shu.ppa.n.sha.ni./tsu.to.me.ru.

任職於出版社。

危険
危險
ki.ke.n.

例 句

☞ 危険に陥る。

ki.ke.n.ni./o.chi.i.ru.

陷入危險。

危ない
危險的
a.bu.na.i.

例 句

☞ ここで泳ぐのは危ない。

ko.ko.de./o.yo.gu.no.wa./a.bu.na.i.

在這裡游泳很危險。

辺り
附近、周圍
a.ta.ri.

例 句

☞ 辺りを見回した。

a.ta.ni.o./mi.ma.wa.shi.ta.

環顧週圍。

区域
區域
ku.i.ki.

例 句

☞ この区域内は禁煙です。

ko.no.ku.i.ki.wa./ki.n.e.n.de.su.

這個區域內禁菸。

しょうらい
将来
將來
sho.u.ra.i.

例 句

☞ 二人の将来を考える。

fu.ta.ri.no./sho.u.ra.i.o./ka.n.ga.e.ru.

思考兩人的將來。

えんちょう
延長
延長
e.n.cho.u.

例 句

☞ 滞在を二日間延長する。

ta.i.za.i.o./fu.tsu.ka.ka.n./e.n.cho.u.su.ru.

停留時間延長兩天。

さ　しめ
指し示す
指示、指
sa.shi.si.me.su.

例 句

☞ 矢印は駅の方向を指し示していた。

ya.ji.ru.shi.wa./e.ki.no.ho.u.ko.u.o./sa.shi.shi.me.shi.
te.i.ta.

箭頭指著車站的方向。

☞ 問題点を指し示す。

mo.n.da.i.te.n.o./sa.shi.shi.me.su.

指出問題點。

熱中する
熱中、入迷
ne.cchu.u.su.ru.

例 句

☞ 研究に熱中する。

ke.n.kyu.u.ni./ne.cchu.u.su.ru.

熱中於研究。

地域
地區
chi.i.ki.

例 句

☞ 地域の代表。

chi.i.ki.no./da.i.hyo.u.

地區的代表。

防犯
ぼうはん

防盗、防止犯罪

bo.u.ha.n.

例 句

☞ 防犯カメラ。

bo.u.ha.n.ka.me.ra.

監視器。

神秘
しんび

神祕

shi.n.pi.

例 句

☞ 神秘的な微笑みを浮かべた。

shi.n.pi.te.ki.na./ho.ho.e.mi.o./u.ka.be.ta.

浮現神秘的微笑。

映る
うつ

映、照、顯示

u.tsu.ru.

例 句

☞ 目に映るものは全部美しい。

me.ni./u.tsu.ru.mo.no.wa./ze.n.bu./u.tsu.ku.shi.i.

映入眼簾的事物全是美的。

沿う
そ

沿著、依照

so.u.

例句

☞ 川に沿う。
かわ　そ

ka.wa.ni./so.u.

沿著河川。

☞ 海岸に沿って新しい道路が出来た。
かいがん　そ　あたら　どうろ　でき

ka.i.ga.n.ni./so.tte./a.ta.ra.shi.i./do.u.ro.ga./de.ki.ta.

沿著海岸開出了新的道路。

☞ 要求に沿った回答。
ようきゅう　そ　かいとう

yo.u.kyu.u.ni./so.tta./ka.i.do.u.

應要求回答。

延びる
の

延長

no.bi.ru.

例句

☞ 申し込みの期間が延びる。
もう　こ　きかん　の

mo.u.shi.mo.mi.no./ki.ka.n.ga./no.bi.ru.

延長申請時間。

☞ 道がどこまでも延びていた。
みち　の

mi.chi.ga./do.mo.ma.de.mo./no.bi.te.i.ta.

道路無限延伸。

遺族
いぞく

遺族

i.zo.ku.

例句

☞ 彼の遺族は娘一人である。
かれ　　いぞく　　むすめひとり

ka.re.no./i.zo.ku.wa./mu.su.me./hi.to.ri./de.a.ru.

他的遺族有一個女兒。

痛ましい
いた

令人心酸、悲惨

i.ta.ma.shi.i.

例句

☞ 事故現場は全く痛ましい光景だった。
じこげんば　　まった　いた　　　こうけい

ji.ko.ge.n.ba.wa./ma.tta.ku./i.ta.ma.shi.i./ko.u.ke.i.da.tta.

意外現場是十分悲惨的情景。

拡大する
かくだい

擴大

ka.ku.da.i.su.ru.

例句

☞ 領土を拡大する。
りょうど　かくだい

ryo.u.do.o./ka.ku.da.i.su.ru.

擴張領土。

反映する
はんえい

反映、反應

ha.n.e.i.su.ru.

例 句

☞ 海に月の光が反映している。
うみ つき ひかり はんえい

u.mi.ni./tsu.ki.no.hi.ka.ri.ga./ha.n.e.i.shi.te./i.ru.

月光反映在海面上。

☞ このドラマは現代の世相を反映している。
げんだい せそう はんえい

ko.no.do.ra.ma.wa./ge.n.da.i.no./se.so.u.o./ha.n.e.i.shi.
te.i.ru.

這部連續劇反應出現代的社會現象。

疑問
ぎ もん

疑問

gi.mo.n.

例 句

☞ 疑問に答える。
ぎ もん こた

gi.mo.n.ni./ko.ta.e.ru.

解答疑問。

意向
い こう

意願

i.ko.u.

例 句

☞ 契約を更新する意向はない。

ke.i.ya.ku.o./ko.u.shi.n.su.ru./i.ko.u.wa.na.i.

沒有更新合約的意願。

認める
承認
mi.to.me.ru.

例 句

☞ 犯行を認めた。

ha.n.ko.u.o./me.to.me.ta.

承認犯行。

降り積もる
降下並累積
fu.ri.tsu.mo.ru.

例 句

☞ 雪が降り積もる。

yu.ki.ga./fu.ri.tsu.mo.ru.

下雪並累積。

拡張
擴張
ka.ku.cho.u.

例 句

☞ 事業を海外に拡張する。

ji.gyo.u.o./ka.i.ga.i.ni./ka.ku.cho.u.su.ru.

將事業擴張到海外。

映し出す
放映出、突顯出
u.tsu.shi.da.su.

例 句

☞ パソコンの画面をテレビに映し出す。

pa.so.ko.n.no./ga.me.n.o./te.re.bi.ni./u.tsu.shi.da.su.

將電腦畫面放映在電視上。

洋風
西式
yo.u.fu.u.

例 句

☞ 洋風の料理。

yo.u.fu.u.no./ryo.u.ri.

西式料理。

町並み
街道、街景
ma.chi.na.mi.

例 句

☞ 町並みが美しい。
ma.chi.na.mi.ga./u.tsu.ku.shi.i.

美麗的街景。

望む
希望、期望
no.zo.mu.

例 句

☞ 名声を望む。
me.i.se.i.o./no.zo.mu.

希望得到名望。

役割
職務、作用
ya.ku.wa.ri.

例 句

☞ 彼はこの企画の成功に重要な役割を果たす。
ka.re.wa./ko.no.ki.ka.ku.no./se.i.ko.u.ni./ju.u.yo.u.na./
ya.ku.wa.ri.o./ha.ta.su.

這個企畫的成功，他扮演了很重要的角色。

簡潔
簡潔
ka.n.ke.tsu.

例句

☞ 簡潔に答える。

ka.n.ke.tsu.ni./ko.ta.e.ru.

簡潔地回答。

深刻
しんこく

嚴重

shi.n.ko.ku.

例句

☞ 深刻な問題。

shi.n.ko.ku.na./mo.n.da.i.

嚴重的問題。

干害
かんがい

旱災

ka.n.ga.i.

例句

☞ この国はひどい干害を被った。

ko.no.ku.ni.wa./hi.do.i./ka.n.ga.i.o./ka.bu.tta.

這個國家深受旱災之苦。

朗報
ろうほう

好消息

ro.u.ho.u.

例 句

☞ 朗報が入る。

ろうほう　はい

ro.u.ho.u.ga./ha.i.ru.

傳來了好消息。

ふ ろ く
付録

附錄

fu.ro.ku.

例 句

☞ 付録を付ける。

ふろく　つ

fu.ro.ku.o./tsu.ke.ru.

附上附錄。

ほしゅう
補修する

修補

ho.shu.u.su.ru.

例 句

☞ 道路を補修する。

どうろ　ほしゅう

do.u.ro.o./ho.shu.u.su.ru.

修補道路。

いたいた
痛々しい

可憐、心痛

i.ta.i.ta.shi.i.

• track 15

例 句

☞ 松葉づえをついた痛々しい姿。

ma.tsu.ba.zu.e.o./tsu.i.ta./i.ta.i.ta.shi.i./su.ga.ta.

撐著枴杖讓人心痛的模樣。

均等
平均
ki.n.to.u.

例 句

☞ 均等に配分する。

ki.n.to.u.ni./ha.i.bu.n.su.ru.

平均分配。

分割する
分割、瓜分、分期
bu.n.ka.tsu.su.ru.

例 句

☞ 領土を分割する。

ryo.u.do.o./bu.n.ka.tsu.su.ru.

瓜分領土。

最大限
最大限度
sa.i.da.i.ge.n.

例 句

☞ 最大限の努力をする。

sa.i.da.i.ge.n.no./do.ryo.ku.o./su.ru.

盡最大限度的努力。

発揮する
發揮
ha.kki.su.ru.

例 句

☞ 実力を発揮する。

ji.tsu.ryo.ku.o./ha.kki.su.ru.

發揮實力。

吸収
吸收
kyu.u.shu.u.

例 句

☞ この布は水をよく吸収する。

ko.no.nu.no.wa./mi.zu.o./yo.ku./kyu.u.shu.u.su.ru.

這塊布很能吸水。

☞ 彼らは知識と技術の吸収に没頭した。

ka.re.ra.wa./chi.shi.ki.to./gi.ju.tsu.no./kyu.u.shu.u.ni./
bo.tto.u.shi.ta.

他們正埋首於吸收知識和技術。

展示する
てんじ

展示

te.n.ji.su.ru.

例 句

☞ 絵を展示する。
え てんじ

e.o./te.n.ji.su.ru.

展示畫。

絶え間ない
た ま

不斷地

ta.e.ma.na.i.

例 句

☞ 絶え間ない進化。
た ま しんか

ta.e.ma.na.i./shi.n.ka.

不斷地進化。

膨らむ
ふく

鼓起、膨脹

fu.ku.ra.mu.

例 句

☞ 夢が膨らむ。
ゆめ ふく

yu.me.ga.fu.ku.ra.mu.

夢想愈來愈大。

疑う
うたが

懷疑

u.ta.ga.u.

例 句

☞ 彼が約束を守れるかどうかを疑う。
かれ　やくそく　　まも　　　　　　　うたが

ka.re.ga./ya.ku.so.ku.o./ma.mo.re.ka.do.u.ka.o./u.ta.

ga.u.

懷疑他是否能遵守約定。

☞ 目を疑う。
め　うたが

me.o./u.ta.ga.u.

懷疑自己是不是看錯。

光景
こうけい

情景

ko.u.ke.i.

例 句

☞ 恐ろしい光景。
おそ　　　　こうけい

o.so.ro.shi.i./ko.u.ke.i.

可怕的情景。

訪ねる
たず

拜訪、造訪

ta.zu.ne.ru.

例 句

☞ 友達の家を訪ねる。
ともだち いえ たず

to.mo.da.chi.no./i.e.o./ta.zu.ne.ru.

到朋友家拜訪。

勤務する
きんむ
工作
ki.n.mu.su.ru.

例 句

☞ 彼は車会社に勤務している。
かれ くるまかいしゃ きんむ

ka.re.wa./ku.ru.ma.ga.i.sha.ni./ki.n.mu.shi.te.i.ru.

他在汽車公司工作。

筋道
すじみち
道理、條理、程序
su.ji.mi.chi.

例 句

☞ 話の筋道をたどる。
はなし すじみち

ha.na.shi.no./su.ji.mi.chi.o./ta.do.ru.

理出談話的道理。

従える
したが
領導、迫使
shi.ta.ga.e.ru.

例 句

☞ 部下を従える。

bu.ka.o./shi.ta.ga.e.ru.

領導部下。

げんかく
厳格

嚴格

ge.n.ka.ku.

例 句

☞ 厳格なしつけ。

ge.n.ka.ku.na./shi.tsu.ke.

嚴格的生活教育。

やまづ
山積み

堆積如山

ya.ma.zu.mi.

例 句

☞ 漫画を山積みにする。

ma.n.ga.o./ya.ma.zu.mi.i./su.ru.

把漫畫堆積如山。

ふるさと
故郷

故鄉

fu.ru.sa.to.

例句

☞ 故郷に錦を飾る。

fu.ru.sa.to.ni./ni.shi.ki.o./ka.za.ru.

衣錦還鄉。

夢見る
夢想著
yu.me.mi.ru.

例句

☞ 会社の成功を夢見る。

ka.i.sha.no./se.i.ko.u.o./yu.me.mi.ru.

夢想公司成功。

襲う
侵襲、繼承
o.so.u.

例句

☞ 台風は九州を襲う。

ta.i.fu.u.wa./kyu.u.shu.u.o./o.so.u.

颱風侵襲九州。

☞ 社長として田中氏の後を彼が襲うだろう。

sha.cho.u.to.shi.te./ta.na.ka.shi.no.a.to.o./ka.re.ga./o.so.u.da.ro.u.

田中先生之後，由他繼承社長的職位。

供給する
きょうきゅう

供給

kyo.u.kyu.u.su.ru.

例　句

☞ 電力を供給する。
でんりょく　きょうきゅう

de.n.ryo.ku.o./kyo.u.kyu.u.su.ru.

供給電力。

敬う
うやま

尊敬、敬重

u.ya.ma.u.

例　句

☞ 先生を敬う。
せんせい　うやま

se.n.se.i.o./u.ya.ma.u.

尊敬老師。

頂く
いただ

戴在上面、接受、吃

i.ta.da.ku.

例　句

☞ 雪を頂く山々。
ゆき　いただ　やまやま

yu.ki.o./i.ta.da.ku./ya.ma.ya.ma.

覆蓋著白雪的群山。

• track 158-159

☞ 田中さんからプレゼントを頂く。

ta.na.ka.sa.n.ka.ra./pu.re.ze.n.to.o./i.ta.da.ku.

接受田中先生的禮物。

☞ おいしい料理をいただきました。

o.i.shi.i./ryo.u.ri.o./i.ta.da.ki.ma.shi.ta.

吃了好吃的料理。

演じる
扮演、造成
e.n.ji.ru.

例 句

☞ 彼は太宰治を演じた。

ka.re.wa./da.za.i.o.sa.mu.o./e.n.ji.ta.

他扮演太宰治。

☞ 一騒ぎを演じた。

hi.to.sa.wa.gi.o./e.n.ji.ta.

造成了大騷動。

納税
納税
no.u.ze.i.

例 句

☞ 納税が遅れている。

no.u.ze.i.ga./o.ku.re.te.i.ru.

遲繳稅款。

歩む
あゆ

走

a.yu.mu.

例 句
☞ 大股で歩む。
おおまた　あゆ

o.o.ma.ta.de./a.yu.mu.

邁開大步走。
（歩む＝歩く）
あゆ　　ある

供える
そな

供奉

so.na.e.ru.

例 句
☞ 仏壇に花を供えた。
ぶつだん　はな　そな

bu.tsu.da.n.ni./ha.na.o./so.na.e.ru.

在佛壇上供著花。

急激
きゅうげき

急遽

kyu.u.ge.ki.

例 句
☞ 急激な変化。
きゅうげき　へんか

kyu.u.ge.ki.na./he.n.ka.

急遽的變化。

☞ 急激に増加する。

kyu.u.ge.ki.ni./zo.u.ka.su.ru.

急遽增加。

増す
増加
ma.su.

例 句

☞ 体重が5キロ増した。

ta.i.ju.u.ga./go.ki.ro./ma.shi.ta.

體重增加5公斤。

使い慣れる
用習慣、上手
tsu.ka.i./na.re.ru.

例 句

☞ このスマートフォンは使い慣れている。

ko.no.su.ma.a.to.fo.n.wa./tsu.ka.i.na.re.te.i.ru.

這台智慧型手機已經用慣了。

再三
再三
sa.i.sa.n.

例 句

☞ 危険だと再三注意した。

ki.ke.n.da.to./sa.i.sa.n./chu.u.i.shi.ta.

再三警告很危險。

無視する
忽視
mu.shi.su.ru.

例 句

☞ 規則を無視する。

ki.so.ku.o./mu.shi.su.ru.

忽視規則。

激しい
激烈、強烈
ha.ge.shi.i.

例 句

☞ 激しい痛み。

ha.ge.shi.i./i.ta.mi.

強烈的疼痛。

☞ 激しく議論する。

ha.ge.shi.ku./gi.ro.n.su.ru.

激烈爭論。

尊厳
そんげん

尊嚴

so.n.ge.n.

例 句

☞ 人間の尊厳を傷つける。
にんげん　　そんげん　　きず

ni.n.ge.n.no./so.n.ge.n.o./ki.zu.tsu.ke.ru.

傷及別人的尊嚴。

盛ん
さか

繁盛、興盛

sa.ka.n.

例 句

☞ この地方では鉄鋼業が盛んであった。
ちほう　　　　てっこうぎょう　　さか

ko.no.chi.ho.u.de.wa./te.kko.u.gyo.u.ga./sa.ka.n.de.a.

tta.

這個地區的鋼鐵業曾經很興盛。

☞ あの学校はスポーツが盛んだ。
がっこう

a.no.ga.kko.u.wa./su.po.o.tsu.ga./sa.ka.n.da.

那所學校的運動風氣盛行。

☞ パーティーはなかなか盛んだった。
さか

pa.a.ti.i.wa./na.ka.na.ka./sa.ka.n.da.tta.

派對氣氛很熱鬧。

尊ぶ
とうと

尊崇、重視

to.u.to.bu.

例 句

☞ 年配の人を尊ぶ。
ねんぱい　ひと　とうと

ne.n.pa.i.no.hi.to.o./to.u.to.bu.

尊敬年紀大的人。

誤り
あやま

錯誤

a.ya.ma.ri.

例 句

☞ 判断の誤り。
はんだん　あやま

ha.n.da.n.no./a.ya.ma.ri.

判斷錯誤。

親孝行
おやこうこう

孝順

o.ya.ko.u.ko.u.

例 句

☞ 親孝行をする。
おやこうこう

o.ya.ko.u.ko.u.o./su.ru.

盡孝道。

点呼する
てんこ

點名

te.n.ko.su.ru.

例 句

☞ 人員を点呼する。
じんいん　　てんこ

ji.n.i.n.o./te.n.ko.su.ru.

點名。

誤解
ごかい

誤解

go.ka.i.

例 句

☞ 誤解を招く。
ごかい　まね

go.ka.i.o./ma.ne.ku.

招致誤解。

言動
げんどう

言行

ge.n.do.u.

例 句

☞ 言動を慎む。
げんどう　つつし

ge.n.do.u.o./tsu.tsu.shi.mu.

謹言慎行。

● track 162-163

割合
わりあい

比例、比較起來

wa.ri.a.i.

例 句

☞ 醬油と水を1と2の割合で混ぜなさい。

sho.u.yu.to./mi.zu.o./i.chi.to./ni.no./wa.ri.a.i.de./ma.ze.

na.sa.i.

把醬油和水以1比2的比例混合。

☞ 彼は割合背が高い。

ka.re.wa./wa.ri.a.i./se.ga.ta.ka.i.

他比起來身高較高。

踏み外す
ふ はず

失足、踩空

fu.mi.ha.zu.su.

例 句

☞ 階段を踏み外す。

ka.i.da.no./fu.mi.ha.zu.su.

在樓梯上踩空。

底力
そこぢから

潛力

so.ko.ji.ka.ra.

• track 163

例 句

☞ 底力を見せる。

so.ko.ji.ka.ra.o./mi.se.ru.

顯示出潛力。

以降
いこう

以後

i.ko.u.

例 句

☞ 15日以降。
にちいこう

ju.u.go.ni.chi./i.ko.u.

15日以後。

群がる
むら

聚集

mu.ra.ga.ru.

例 句

☞ 蜂が花に群がる。
はち　はな　むら

ha.chi.ga./ha.na.ni./mu.ra.ga.ru.

蜜蜂聚集在花朵處。

観測
かんそく

觀測

ka.n.so.ku.

例 句

☞ 星を観測する。

ho.shi.o./ka.n.so.ku.su.ru.

觀星。

せんがん
洗顔
洗臉

se.n.ga.n.

例 句

☞ 洗顔する。

se.n.ga.n.su.ru.

洗臉。

しょうめい
証明する
證明

sho.u.me.i.su.ru.

例 句

☞ 無罪を証明する。

mu.za.i.o./sho.u.me.i.su.ru.

證明無罪。

さいばん
裁判
官司、判決

sa.i.ba.n.

例 句

☞ 裁判に勝つ。

さいばん に か

sa.i.ba.n.ni./ka.tsu.

打贏官司。

しゅうしゅう
収拾する
収拾
shu.u.shu.u.su.ru.

例 句

☞ ようやく事態を収拾した。

じたい しゅうしゅう

yo.u.ya.ku./ji.ta.i.o./shu.u.shu.u.shi.ta.

終於收拾了事態。

ぞんぶん
存分
盡情、充分
zo.n.bu.n.

例 句

☞ 存分に楽しんでください。

ぞんぶん たの

zo.n.bu.n.ni./ta.no.shi.n.de./ku.da.sa.i.

請盡情享受。

せっきょう
説教
說教、教訓
se.kkyo.u.

例 句

☞ 息子に説教する。

mu.su.ko.ni./se.kkyo.u.su.ru.

對兒子說教。

☞ お説教はやめてくれ。

o.se.kkyo.u.wa./ya.me.te.ku.re.

別說教了。

裁く
審判、調解
sa.ba.ku.

例 句

☞ 事件を公平に裁く。

ji.ke.n.o./ko.u.he.i.ni./sa.ba.ku.

公平審判事件。

険しい
險峻、險惡
ke.wa.shi.i.

例 句

☞ 前途は険しい。

ze.n.to.wa./ke.wa.shi.i.

前途艱險。

肥やす
使肥沃、使滿足
ko.ya.su.

例 句

☞ 音楽を聞く耳を肥やす。

o.n.ga.ku.o./ki.ku./mi.mi.o./ko.ya.su.

聽了音樂一飽耳福。

考察する
考察、研究
ko.u.sa.tsu.su.ru.

例 句

☞ 問題を慎重に考察する。

mo.n.da.i.o./shi.n.cho.u.ni./ko.u.sa.tsu.su.ru.

慎重地考察問題。

☞ 世界経済形勢について考察する。

se.ka.i.ke.i.za.i.ke.i.se.i.ni./tsu.i.te./ko.u.sa.tsu.su.ru.

研究世界經濟情勢。

至急
火速、急迫
shi.kyu.u.

例句

☞ 至急お返事をお願いします。

shi.kyu.u./o.he.n.ji.o./o.ne.ga.i./shi.ma.su.

請火速回覆。

異性
異性
i.se.i.

例句

☞ 異性に引かれる。

i.se.i.ni./hi.ka.re.ru.

被異性吸引。

的
目標、標的
ma.to.

例句

☞ 的に当たる。

mo.to.ni./a.ta.ru.

目中目標。

射る
射
i.ru.

例 句

☞ 的を射た言葉。

mo.to.o./i.ta.ko.to.ba.

一針見血的話。

従来
じゅうらい

以前、以往

ju.u.ra.i.

例 句

☞ 従来のやり方。

ju.u.ra.i.no./ya.ri.ka.ta.

以往的做法。

捨て去る
す　　　さ

捨棄

su.te.sa.ru.

例 句

☞ 過去を捨て去る。

ka.ko.o./su.te.sa.ru.

捨棄過去。

若者
わかもの

年輕人

wa.ka.mo.no.

例 句

☞ 若者言葉。

wa.ka.mo.no./ko.to.ba.

年輕人用語。

就職
就業

shu.u.sho.ku.

例 句

☞ 出版社に就職する。

shu.ppa.n.sha.ni./shu.u.sho.ku.su.ru.

到出版社任職。

収める
裝、收進、得到

o.sa.me.ru.

例 句

☞ 金は金庫に収めた。

ka.ne.wa./ki.n.ko.ni./o.sa.me.ta.

把錢收到金庫。

☞ 勝利を収める。

sho.u.ri.o./o.sa.me.ru.

得到勝利。

しゅうにん
就任する
就任
shu.u.ni.n.su.ru.

例 句

☞ 社長に就任する。

sha.cho.u.ni./shu.u.ni.n.su.ru.

就任社長。

てきせつ
適切
適切、適當
te.ki.se.tsu.

例 句

☞ 適切な処置をとる。

te.ki.se.tsu.na./sho.chi.o./to.ru.

做適當的處置。

じゅうおう
縦横
縦横、四面八方
ju.u.o.u.

例 句

☞ 彼は政界で縦横に活躍している。

ka.re.wa./se.i.ka.i.de./ju.u.o.u.ni./ka.tsu.ya.ku./shi.te.i.ru.

他縱橫政界十分活躍。

縮む
ちぢ

縮、縮水

chi.ji.mu.

例 句

☞ この服は洗っても縮まない。

ko.no.fu.ku.wa./a.ra.tte.mo./chi.ji.ma.na.i.

這件衣服洗了也不會縮水。

未熟
みじゅく

不成熟

mi.ju.ku.

例 句

☞ 学生の考えは未熟だ。

ga.ku.se.i.no./ka.n.ga.e.wa./mi.ju.ku.da.

學生的想法還不成熟。

除く
のぞ

消除、除去

no.zo.ku.

例 句

☞ 障害を除く。

sho.u.ga.i.o./no.zo.ku.

消除障礙。

はんだん
判断
判斷
ha.n.da.n.

例句

☞ こうせい はんだん くだ
公正な判断を下す。

ko.u.se.i.na./ha.n.da.n.no./ku.da.su.

下公平的判斷。

じじょう
事情
原因、情況
ji.jo.u.

例句

☞ かてい じじょう い
家庭の事情で行けなかった。

ka.te.i.no./ji.jo.u.de./i.ke.na.ka.tta.

因為家裡的原因無法前往。

きず
傷
傷
ki.zu.

例句

☞ きず う
傷を受ける。

ki.zu.o./u.ke.ru.

受傷。

すいちょく
垂直

垂直

su.i.cho.ku.

例 句

☞ 棒が床に垂直に立っていた。

bo.u.ga./yu.ka.ni./su.i.cho.ku.ni./ta.tte.i.ta.

棒子垂直於地板立著。

じょきょ
除去する

除去

jo.kyo.su.ru.

例 句

☞ 障害物を全て除去する。

sho.u.ga.i.bu.tsu.o./su.be.te./jo.kyo.su.ru.

除去所有的障礙物。

すいしん
推進する

推動

su.i.shi.n.su.ru.

例 句

☞ この企画を推進する。

ko.no.ki.ka.ku.o./su.i.shi.n.su.ru.

推動這個企畫。

生徒
せいと

學生

se.i.to.

例 句

☞ 田中先生はクラスの生徒みんなに人気がある。

ta.na.ka.se.n.se.i.wa./ku.ra.su.no.se.i.to./mi.n.na.ni./ni.n.ki.ga.a.ru.

田中老師很受班上所有學生的歡迎。

推測
すいそく

推測

su.i.so.ku.

例 句

☞ 推測だけで結論を出してはいけない。

su.i.so.ku.da.ke.de./ke.tsu.ro.n.o./da.shi.te.wa./i.ke.na.i.

只靠推測下結論是不行的。

☞ 訛りから彼は関西人だと推測した。

na.ma.ri.ka.ra./ka.re.wa./ka.n.sa.i.ji.n.da.to./su.i.so.ku.shi.ta.

依腔調推測他是關西人。

閉まる
し

關上

shi.ma.ru.

例 句

☞ ドアが閉まる。
し

do.a.ga./shi.ma.ru.

關上門。

対応する
たいおう

對應、相對、關聯、應付

ta.i.o.u.su.ru.

例 句

☞ その日本語に正確に対応する言葉は中国語に
にほんご　　　　せいかく　　たいおう　　　　ことば　　ちゅうごくご

ない。

so.no.ni.ho.n.go.ni./se.i.ka.ku.ni./ta.i.o.u.su.ru.ko.to.

ba.wa./chu.u.go.ku.go.ni./na.i.

中文裡沒有話可以正確對應那句日語。

☞ 時勢に対応する。
じせい　　たいおう

ji.se.i.ni./ta.i.o.u.su.ru.

順應時勢。

宣伝
せんでん

宣傳

se.n.de.n.

例句

☞ 新しい自動車の宣伝をする。

a.ta.ra.shi.i./ji.do.u.sha.no./se.n.de.n.o./su.ru.

宣傳新的汽車。

盛り上がる
熱烈

mo.ri.a.ga.ru.

例句

☞ 大会の気分が盛り上がる。

ta.i.ka.i.no./ki.bu.n.ga./mo.ri.a.ga.ru.

大會的氣氛很熱烈。

設計
設計

se.kke.i.

例句

☞ ジュエリーを設計する。

ju.e.ri.i.o./se.kke.i.su.ru.

設計珠寶。

中腹
半山腰

chu.u.fu.ku.

例 句

☞ 山の中腹に茶屋がある。

ya.ma.no.chu.u.fu.ku.ni./cha.ya.ga.a.ru.

在半山腰有間茶店。

洗う
洗
a.ra.u.

例 句

☞ 顔を洗う。

ka.o.o./a.ra.u.

洗臉。

染まる
染上、染
so.ma.ru.

例 句

☞ 赤く染まる。

a.ka.ku./so.ma.ru.

染成紅色。

☞ 悪に染まる。

a.ku.ni./so.ma.ru.

染上惡習。

• track 171

改善
かいぜん

改善

ka.i.ze.n.

例句

☞ 設備に種々の改善を施す。
せつび　　しゅじゅ　かいぜん　ほどこ

se.tsu.bi.ni./shu.ju.no./ka.i.ze.n.o./ho.do.ko.su.

對設備進行各種改善。

清らか
きよ

乾淨、清白、清爽

ki.yo.ra.ka.

例句

☞ 清らかに流れる川。
きよ　　　　　なが　　　　かわ

ki.yo.ra.ka.ni./na.ga.re.ru./ka.wa.

水流清澈的河川。

☞ 清らかな歌声。
きよ　　　　　うたごえ

ki.yo.ra.ka.na./u.ta.go.e.

清亮的歌聲。

洗練する
せんれん

精練、高雅

se.n.re.n.su.ru.

例 句

☞ 洗練された物腰。

se.n.re.n.sa.re.ta./mo.no.go.shi.

文雅的談吐。

不用心
ぶようじん

粗心大意

bu.yo.u.ji.n.

例 句

☞ 門を開け放しておくとは不用心だった。

mo.no.o./a.ke.ba.na.shi.te.o.ku.to.wa./bu.yo.u.ji.n.da.tta.

開著大門是粗心的行為。

同窓会
どうそうかい

同學會

do.u.so.u.ka.i.

例 句

☞ 同窓会を開く。

do.u.so.u.ka.i.o./hi.ra.ku.

舉辦同學會。

余り物
あまもの

剩下的東西

a.ma.ri.mo.no.

例 句

☞ 余りものには福がある。

a.ma.ri.mo.no.ni.wa./fu.ku.ga.a.ru.

剩下的東西藏有福氣。(俚語)

担任
擔當、導師
ta.n.ni.n.

例 句

☞ このクラスは私の担任です。

ko.no.ku.ra.su.wa./wa.ta.shi.no.ta.n.ni.n.de.su.

我是這個班的導師。

分担する
分擔
bu.n.ta.n.su.ru.

例 句

☞ あなたと費用を分担しよう。

a.na.ta.to./hi.yo.u.o./bu.n.ta.n.shi.yo.u.

我和你一起分擔費用吧。

探究する
探究
ta.n.kyu.u.su.ru.

例句

☞ 事件の原因を探究する。

ji.ke.n.no./ge.n.i.n.o./ta.n.kyu.u.su.ru.

探究事件的原因。

価値観
價值觀
ka.chi.ka.n.

例句

☞ 価値観は人それぞれ違う。

ka.chi.ka.n.wa./hi.to./so.re.zo.re.chi.ga.u.

每個人的價值觀都不同。

温暖化
溫室效應
o.n.da.n.ka.

例句

☞ 地球温暖化による海面上昇が及ぼす深刻な問題を考えていきましょう。

chi.kyu.u.o.n.da.n.ka.ni./yo.ru./ka.i.me.n.jo.u.sho.u.ga./o.yo.bo.su./shi.n.ko.ku.na./mo.n.da.i.o./ka.n.ga.e.te./i.ki.ma.sho.u.

一起來思考溫室效應所造成的海平面上升的嚴重問題。

著者
ちょしゃ

作者

cho.sha.

例　句

☞ 著者不明の小説。
ちょしゃふめい　　しょうせつ

cho.sha.fu.me.i.no./sho.u.se.tsu.

作者不明的小說。

必ずしも
かなら

一定

ka.na.ra.zu.shi.mo.

例　句

☞ 乙女座の人が必ずしもきれい好きだとは限らない。
おとめざ　ひと　かなら　　　　　　　す　　　　　　　かぎ

o.to.me.za.no.hi.to.ga./ka.na.ra.zu.shi.mo./ki.re.i.zu.ki.da./to.ha./ka.gi.ra.na.i.

處女座的人不一定都愛乾淨。

拝む
おが

拜、祈禱

o.ga.mu.

例　句

☞ 助けを求めて神を拝んだ。

ta.su.ke.o./mo.to.me.te./ka.mi.o./o.ga.n.da.

向神明祈求幫助。

☞ お金を貸してくれと拝まれた。

o.ka.ne.o./ka.shi.te.ku.re./to./o.ga.ma.re.ta.

被拜託借錢給對方。

潮干狩り
拾潮、退潮時在海灘撿貝殼
shi.o.hi.ga.ri.

例 句

☞ 潮干狩りに行く。

shi.o.hi.ga.ri.ni./i.ku.

去海邊撿貝殼。

暖める
溫熱、醞釀
a.ta.ta.me.ru.

例 句

☞ 手をこすって暖める。

te.o.ko.su.tte./a.ta.ta.me.ru.

搓手以取暖。

連日本小學生都會的基礎單字／雅典日研所 企編.-- 初版.
-- 新北市 ： 雅典文化，民100.03
面；公分. -- （全民學日語：11）
ISBN○978-986-6282-29-4（平裝附光碟片）
1.日語　　2.詞彙
803.12

100000404

全民學日語系列：11

連日本小學生都會的基礎單字

企　　編	雅典日研所
出 版 者	雅典文化事業有限公司
登 記 證	局版北市業字第五七○號
發 行 人	黃玉雲
執行編輯	許惠萍
編 輯 部	22103 新北市汐止區大同路三段 194 號 9 樓之 1
	TEL ／(02)86473663
	FAX ／(02)86473660
劃撥帳號	18965580 雅典文化事業有限公司
法律顧問	中天國際法事務所 涂成樞律師、周金成律師
總 經 銷	永續圖書有限公司
	22103 新北市汐止區大同路三段 194 號 9 樓之 1
	E-mail: yungjiuh@ms45.hinet.net
	網站：www.foreverbooks.com.tw
	郵撥：18669219
	TEL ／(02)86473663
	FAX ／(02)86473660
出 版 日	2011 年 03 月

雅典文化 讀者回函卡

謝謝您購買這本書。

為加強對讀者的服務，請您詳細填寫本卡，寄回**雅典文化**；並請務必留下您的E-mail帳號，我們會主動將最近"好康"的促銷活動告訴您，保證值回票價。

書　　　名：連日本小學生都會的基礎單字
購買書店：＿＿＿＿＿＿市／縣　＿＿＿＿＿＿＿＿書店
姓　　　名：＿＿＿＿＿＿＿　生　日：＿＿＿年＿＿月＿＿日
身分證字號：＿＿＿＿＿＿＿＿＿＿＿＿＿＿＿＿＿＿＿＿
電　　　話：(私) ＿＿＿＿＿(公) ＿＿＿＿＿(手機) ＿＿＿＿
地　　　址：□□□＿＿＿＿＿＿＿＿＿＿＿＿＿＿＿＿＿＿
E－mail：＿＿＿＿＿＿＿＿＿＿＿＿＿＿＿＿＿＿＿＿＿＿
年　　　齡：□20歲以下　　□21歲~30歲　□31歲~40歲
　　　　　　□41歲~50歲　□51歲以上
性　　　別：□男　　　□女　　婚姻：□單身　□已婚
職　　　業：□學生　　□大眾傳播　□自由業　□資訊業
　　　　　　□金融業　□銷售業　　□服務業　□教職
　　　　　　□軍警　　□製造業　　□公職　　□其他
教育程度：□高中以下（含高中）□大專　□研究所以上
職 位 別：□負責人　□高階主管　□中級主管
　　　　　　□一般職員　□專業人員
職 務 別：□管理　　□行銷　　□創意　　□人事、行政
　　　　　　□財務、法務　□生產　　□工程　□其他＿＿
您從何得知本書消息？
　　　□逛書店　　□報紙廣告　　□親友介紹
　　　□出版書訊　□廣告信函　　□廣播節目
　　　□電視節目　□銷售人員推薦
　　　□其他＿＿＿＿＿＿＿＿＿＿＿＿＿＿＿＿＿＿＿
您通常以何種方式購書？
　　　□逛書店　□劃撥郵購　□電話訂購　□傳真訂購　□信用卡
　　　□團體訂購　□網路書店　□其他＿＿＿＿＿＿＿＿
看完本書後，您喜歡本書的理由？
　　　□內容符合期待　□文筆流暢　□具實用性　□插圖生動
　　　□版面、字體安排適當　　□內容充實
　　　□其他＿＿＿＿＿＿＿＿＿＿＿＿＿＿＿＿＿＿＿
看完本書後，您不喜歡本書的理由？
　　　□內容不符合期待　□文筆欠佳　　□內容平平
　　　□版面、圖片、字體不適合閱讀　□觀念保守
　　　□其他＿＿＿＿＿＿＿＿＿＿＿＿＿＿＿＿＿＿＿
您的建議：＿＿＿＿＿＿＿＿＿＿＿＿＿＿＿＿＿＿＿＿

廣 告 回 信
基隆郵局登記證
基隆廣字第 056 號

新北市汐止區大同路三段 194 號 9 樓之 1

雅典文化事業有限公司

編輯部　收

請沿此虛線對折免貼郵票，以膠帶黏貼後寄回，謝謝！

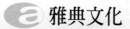

為你開啟知識之殿堂